日替わりオフィス

田丸雅智

日替わりオフィス

目次

ポケットのあいつ

気持ちはお察ししますが、いいですか、落ち着いて聞いてくださいね。

ことの起こりは、ありふれた日常のワンシーンからでした。

ある日、同僚のズボンのポケットから裏地がぺろんと飛びだしていたから、注意してあげたんですよ。

すると、彼の様子がとたんにおかしくなりました。まず、ぎょっとして大きく目を見開きました。それから挙動不審にきょろきょろ周りを見渡して、慌てて裏地をしまいこんだんです。で、私の指摘にありがとうの言葉もなく、固く口をとざして去っていってしまったんですよ。

ポケットのぺろんを指摘されたのが、そんなに恥ずかしかったのか。私は単純にそう思っただけで、そのときはあまり気にもとめず、同僚の後ろ姿をぼんやり見送りました。

それからしばらくたってのことでした。会社帰り、人通りの少ない道で、ぐうぜん同僚のやつを見かけました。私は話しかけようと思って急ぎ足で近づいていきました。いよいよ声をかけようと思った、そのとき。私は、同僚がうつむき加減で何かぶつぶつ言うのを聞いたんです。

独り言の癖でもあるんだろうか。それとも、周りに誰もいないと思って、歌でも口ずさんでいるのかな。

とつぜん、いたずら心が働きました。私は音を立てずに近寄ったんです。で、大きな声でわっと肩につかまってやりました。

驚かせるつもりが、びっくりしたのは私のほうでした。どうしてって、同僚は尋常ではない声で叫び、脇に飛びのいた拍子に身体《からだ》を壁にぶつけてしまったんです。何が彼をそんなにしたのでしょうか。私のせいと言えばそうなんでしょうけれど、ちょっと異常ともいえる振る舞いです。

彼は、私の姿を認めると、少し落ち着きを取り戻したようでした。それでも、しばらくのあいだは肩を上下させていました。

近所の人が、何事かと窓から顔を出します。その不審げな視線をかわすため、私は同僚を連れて歩きはじめました。

ふと、私はあることに気がつきました。さっきからずっと、彼はポケットに手をつっこんだままなんです。それから、ときどきそちらを気にしているようなそぶりを見せていたんです。

「どうしてあんなに驚いたんだ？」

私は気になって、尋ねてみました。

「きみが驚かせたからに決まってるじゃないか」

彼はうまく返したつもりのようでしたけど、その言い方にはどことなく不自然なところがありました。私は当てずっぽうで言ってみたんです。

「さっきは誰と話してた？」

ずばりと痛いところをついたようで、彼はびくっと身体を震わせました。そして、急に黙りこんでしまいました。私はつづけざまに言いました。

「ポケットの中のものは、なんだ？」

山かんでしたが、どうもこちらも核心をついた様子。彼は、またもや挙動不審に陥りました。

それを見て、私は彼のことが心配になりましたよ。おかしな薬にでも手を出したんじゃあるまいかと。

「おい、ポケットから手を出せよ。隠しても無駄だぞ、分かってるんだ」

同僚はポケットの中でこぶしを握りしめ、しばらく逡巡《しゅんじゅん》しているようでした。そして、とうとう観念したのか、ポケットから手を取りだしました。

私は彼の手をぐっとつかみ、握りこぶしを順々に開いていきました。けれど、そこには何もなかったんです。

「な、言っただろ。思い過ごしだ。分かったら、手を放してくれないか」

同僚は苦笑を浮かべてみせました。

「いや、まだだ。ポケットの中だ。何もなかったら、素直におれの非を認めよう、どうだ？」

私は、さらに一歩、彼のほうに詰め寄りました。ぐっと空気が張りつめます。

彼は、強張《こわば》らせていた肩をすっと下ろしました。

「これ以上はごまかせないな、おれの負けだ。言うよ。その代わり、誰にも言わないと約束してくれ」

「内容によるな。危ないことをやってるとなると、見過ごすわけにはいかない」

「たぶん、きみが思ってるようなことじゃない。あんまり人に知られたくないんだ」

私は納得できかねましたが、黙ってうなずきました。いざとなれば、約束は反故《ほご》にする覚悟で。

彼は、ポケットの中に手をつっこみます。で、ぺろんと裏地を引っ張りだしたんです。

「おれが悪かった」

私はすかさず彼に謝りました。裏地にいくつかの刺繡《ししゅう》が施されているだけで、ポケットの中には何もなかったんです。冷や汗が流れました。

「もっとよく見てくれ、ここだ」

同僚は、刺繡を指差しました。人の顔の形をしています。できが良すぎるようで、いやに写実的でした。

「やあ、はじめまして」

その声に、私は腰を抜かす思いでした。じろじろと眺めていると、刺繡の顔のひとつが口を開いたんです。錯覚だと思い、慌てて周りを見渡しました。ですが、自分たち以外に人のいる様子はありません。

「こっちですよ、こっち」

　やはり、口をきいているのは刺繡なのでした。ただの模様がしゃべっているように見えただけなら、同僚のやつが腹話術の要領で演技しているに違いありません。ですが、刺繡は明確に口を動かし話しかけてくるんです。

「こんにちは」

「どうも」

　ひとつがしゃべりだしたのをきっかけに、ほかの二つの刺繡たちもいっせいに、はじめましてのご挨拶です。

「おまえ、これは」

「人に知られたくない理由が分かったろ。さっきはこの人たちと話してたんだよ」

　状況を頭の中で整理するのに、ずいぶん時間がかかりました。

「こんなところに、なんでこんなものが……」

「この場所が気に入ったから、いるらしい」

　そんな安易な理由で、片づけられて、たまるか。

　私は本人たちに、直接尋ねてみました。ですが、同じような答えしか返ってきません。人はときに、何気ない理由からとんでもないことをやってのけるものですが、人の可能性とはかくも計り知れないものだったのだと、私はただただ驚愕《きょうがく》するばかりでした。

「この方たちは、知識が豊富でね。一人のときは、いつも話し相手になってもらう。悩んだときには的確なアドバイスをくれるし、うれしい報告には自分のことのように喜んでくれる。本当に良いパートナーだよ」

「それはこちらも同じですよ、なあ」

「うん」

「そうだね」

そう言って笑い合っています。その話しぶりからは、育ちの良さが滲《にじ》みでていました。

私は、同僚のことが少しうらやましくなり、自分のポケットも引っ張りだしてみました。ですが、何の変哲もない、ありふれた裏地が現れただけでした。左のポケットもやってみます。後ろのポケットも。けれど、私のポケットには刺繡はおろか、小さな汚れひとつ見出《みいだ》すことはできませんでした。

「くれぐれも秘密は守ってくれよ」

同僚はそう念を押し、周りに人がいないことを確認してから談笑しながら去っていきました。

しばらくたったある日、私は彼から呼びだしを受けました。

「あのときのことを覚えてるか？」

忘れられるはずがありません。

「そのことで話があって。とつぜんだけど、今度おれもあの人たちと一緒に暮らすことにして」

私は面喰《めんくら》いました。

「暮らす？」

「あちら側に行くって意味だよ」

「行くって、どうやって」

「さあ、それはこれから考える。でも、うまくいきそうな気はしてるよ」

同僚は涼しい顔で言いました。

私はというと、あまりに急なことなので、頭の整理が追いつきませんでした。おいてきぼりを喰ったようなさみしい気持ちを感じていました。

「で、きみに頼みがある。きみさえよければ、このズボンをもらってほしいんだ」

同僚は、思いがけない話を切りだしました。

「ズボンを？」

「いや、正確にはポケットを、だね。ズボンが気に入らないなら、ポケットだけ切り取って別のやつとつなぎ合わせてくれればいい。それで、話し相手になってもらいたいんだ。毎日じゃなくていい、わずらわしいなら、たまにおれたちを取りだして外の空気を吸わせてくれるだけでも十分だ。変なやつに渡って、粗末に扱われることだけは嫌なんだよ。事情を知るきみにしか頼めない」

「よろしくお願いします」

「お願いします」

「お願いします」

ぺろんと飛びだしたポケットの住人たちも次々に言います。

しばらく考えた末、私はその申し出を快く引き受けることにしました。彼らとの生活が、とても楽しいものになりそうな予感がしたんです。

「ズボンを受け取るにはどうすればいい?」

「明日、いや念のため明後日にしとくかな、おれの家まで来てくれないか。それまでにあちらに行っておくから」

そう言って合鍵を渡されたのでした。

二日後、私は同僚の家に出向き、問題のズボンのポケットの中に、彼の姿を見つけました。

「うまくいったんだな」

私は他の人に見つからないよう、慎重にそれからの日々を過ごしました。同僚を入れ、四人のポケットの住人たちとの生活は実におもしろく、起伏に富んだものでした。

ところがそのうち、私もポケットの中に自分の居場所を求めたい衝動にかられるようになりまして。

それを同僚たちと相談している最中、ついつい心がポケットの世界に傾きすぎていたんでしょう、気がつけばこちら側に来てしまっていましてね。移住の準備をする前でしたから、ズボンの引き取り手もいないままこちらに来てしまったんです。そして、ずいぶんたって大家が部屋を片づけたとき、私たちのズボンは古着として売りに出されたというわけなんです。

分かっていただけましたか。こういう経緯《けいい》があるんですよ。私が今こうして、あなたのポケットの裏地に住処《すみか》を構えているのには。

突然のことで驚かせてしまい、申し訳ありません。私たちは、あなたに気に入っていただけることを心から祈っています。

奉公酒

うちの会社がこんな状態になっちゃったのには、それなりの経緯があるの。よくある女同士の醜い争いというのとも、またちがってて。

こうなった原因は、じつはあたしにもある。そういう意味では、責任みたいなものを感じなくもないかなぁ。でもね、もとはといえば、総務の江崎さんが悪くって。

江崎さんのヒミツを知ったのは、あなたが入社してくる一年ほど前のこと。彼女は当時から、とても評判のヒトだったの。

もちろん、いい意味で、じゃない。

女の友達なんてひとりもいない孤立状態。江崎さんに話しかけるヒトなんて、仕事で用があるヒトくらいのものだった。

だけど、それは女性社員に限った話で。男性社員を含めて言えば、話はぜんぜんちがってくるの。

つまりはね、江崎さんはいつも男のヒトたちをたくさん周りに従えて、お姫さまみたいにお高くとまっているようなヒトだったの。女性陣が白い目で見てたっていうのも、うなずいてもらえることだと思う。おかしなことに、男のヒトたちは老いも若きも江崎さんの言うことならば、どんなことだってヘコヘコと引き受けてしまうんだもん。可愛くもないあんなヒトがそんな状況にあるだなんて、どう考えても納得できやしなかった。女性社員のあいだでは、会社の七不思議のひとつだなんて言われてた。

あたしもどうしても腑に落ちなくて、あるとき同僚の男のヒトを捕まえて尋ねてみた。なんでそんなに、江崎さんの言うことを素直に聞いてばかりなのかって。

「いやぁ、なんとなく……」

そんな要領を得ない返事があっただけで、何が男のヒトたちの心をつかんでいるのかは、まったくもって分からなかった。気になることがあったとすれば、江崎さんの話をしている男のヒトが妙にぼうっとしてたってこと。でもそれも、理由まではっきりとは分からずじまいだった。

あたしの中では、もやもやしたものが溜まっていった。

江崎さんは、ときどき男のヒトたちを引き連れて、仕事のあとにどこかに出かけてるみたいだった。食事会でも開いてあげて、取り巻きクンたちにいろんなエサをまいてるのかな。そんなことを考えて、あたしはまたもや同僚のヒトに聞いてみた。

「別に、ふつうに飲んでるだけだよ」

しつこく聞いても、それ以上の答えが返ってくることはなかったの。でも、その謎の飲み会以外に江崎さんがあんなにもチヤホヤされる原因なんて考えられはしなかった。だからあたしは、あるときこっそり江崎さんたちの後をつけて、行き先を調べてみることにしたの。

その日、江崎さんは男のヒトたちをぞろぞろ連れて、きらびやかな街の中を得意そうに歩いていった。

バレないようにつかず離れずのほどよい距離を保ちながら、あたしは探偵みたいに江崎さんたちの後を追った。

江崎さんはオシャレなお店には目もくれず、さっさと先頭を歩いてく。

繁華な通りを過ぎ去って、人気《ひとけ》もなくなってきたころだった。一行は、あるお店の前で足をとめて、その中へと入っていったの。

しばらく様子をうかがってから、あたしはお店の前に立った。

祇《し》候軒《こうけん》。

その看板には、そういうふうに書かれてあった。字面から、中華料理のお店かなと思いながら、あたしは小窓から中をのぞきこんでみた。きれいとは決して言えないお店だったけど、中はずいぶん賑《にぎ》わっていた。

江崎さんたちが奥の一角を陣取ったのが目に入って。その席からは見えない位置に空席があるのを確認すると、あたしも中へと入っていった。

一歩足を踏み入れると、床が油でぬるっとしてた。女子には優しくなさそうだなぁと思いながら、腰をかけてしばらく待った。

片言の店員さんがやってきて、油まみれのメニューを差しだした。

「イラッシャイ」

「ヒトリノオキャク、メズラシイナ」

余計なお世話だと思いつつもメニューに目をやると、予想どおりの中華料理の品々が名を連ねてた。

適当な定食を注文すると、あたしは江崎さんたちの様子をうかがった。

江崎さんのテーブルには、一品料理のお皿がたくさん来てた。取り巻きたちがそれをいそいそと取り分けて、江崎さんに献上するように渡してる。

そのときだった。店員さんがテーブルの真ん中にドンと一本、お酒の瓶《びん》を据えたのは。

それは赤いラベルの瓶だった。紹興酒《しょうこうしゅ》かと思って見てると、男のヒトがすばやくお酒をつぎ分けた。

「乾杯！」

江崎さんの声があがったあとで、みんなはいっせいに口をつけた。男のヒトたちは、全員ひと口でぐいっと飲み干したものだから、いい飲みっぷりだなぁと感心したもの。杯があくとすぐさま二杯目、三杯目とつがれていって、江崎さんはその様子をおもしろそうに眺めてた。男のヒトたちの目は、早くもとろんとしはじめた。

盛り上がるそちらとは対照的に、あたしは興ざめの気分だった。男のヒトたちの中には、ふだんの仕事のときはおとなしいのに、自分からコールをあおってお酒を飲んでるようなヒトもいたの。

「ふーん、江崎さんの前ではあんななんだ」

なんだかとっても、おもしろくなかった。

こっちもお酒を飲まなきゃ、やってらんない。そう思って、あたしは店員さんに声をかけた。

「あの、生ビールをひとつください」

そう注文したことが、すべてのはじまりだった。

あたしの言葉に、店員さんは途端に困ったような顔をしたの。

「ココ、ビール、オイテナイ」

今どきビールを置いてないなんて、珍しいお店があったものだなぁ。そう思ったけど、まあ、仕方がないからほかのお酒を頼もうとした。

「それじゃあ、ハイボールでお願いします」

すると店員さんは、またもや顔をゆがませた。

「ソレ、オイテナイ」

それならと、あたしは言った。

「レモンサワーで」

「オイテナイ」

「梅酒は？」

「オイテナイ」

たまらず息を吐いちゃった。メジャーなお酒がひとつもないなんて、やる気があるのかと呆《あき》れ果てた。

「それじゃあ、何ならあるんですか？」

挑むように尋ねると、店員さんは笑顔で言った。

「ホウコウシュ、アルネ」

「紹興酒かぁ……」

あたしの頭に、赤いラベルの瓶のことが浮かんできた。江崎さんたちが飲んでるお酒。あれはやっぱり、紹興酒だったんだとも思ったな。でも、紹興酒ってなかなか強いお酒だから、あんまり気が進まなかった。悩んでると、店員さんはおかしなことを口にした。

「ショウコウシュ？　チガウ。ホウコウシュ、ネ」

「ホウコウシュ？　紹興酒の間違いですよね？」

あたしはてっきり、店員さんの日本語が拙《つたな》いだけだと思った。でも、店員さんはかたくなに、同じ言葉を繰り返すの。

「チガウ、ホウコウシュ」

「はぁ……じゃあ、もう、それにしてください」

対応するのがめんどくさくて、あたしはあきらめまじりにそう言った。

しばらくすると、頼んでた料理と一緒に瓶が一本、運ばれてきた。

「ええっ、こんなにたくさん飲めないですよ？」

「ダイジョウブ。ハカリウリネ」

まあ、そういうことならと瓶を取った。

だけど、その瓶のラベルに書かれてあった文字を見て、あたしは反射的に声をあげた。

「奉公酒……？」

そこにはハッキリ、そんなことが書いてあったの。

店員さんはいっそう笑顔になって、こう言った。

「ソウ、ホウコウシュ、ネ」

それでようやく、店員さんの言ってることが正しかったんだと理解した。

「へぇぇ、そういうお酒があったんですねぇ……」

と、店員さんは、あたしを見ながらそれまでとはちがう笑い方でニヤリとした。

「コレ、トクベツ。ドコニモ、オイテナイ。ココダケネ」

「どういうことですか……？」

あたしは誘導されるように質問してた。

「コノサケ、ノマセル。オトコ、ユウコト、キク」

「なんですって？」

「オンナ、シュジン。オトコ、ケライ。オトコニ、ノマセル。ホウコウ、スル」

突拍子もないことに、なんて返せばいいのか分からなかった。

「ココ、オキャク、コレメアテ。オンナ、ミンナ、コレタノム」

「……えっと、ちょっと待ってください」

あたしは店員さんの並べた言葉を、なんとか頭の中で整理した。

「……ということは、このお酒には、男のヒトを奉公させる効果があるってことですか……？」

「ソウ。チュウゴク、ヒデン、サケ」

店員さんは、満足そうにうなずいた。

「ウソでしょ……」

とてもじゃないけど、信じられるような話じゃなかった。

でも次の瞬間、あたしの中で、ひとつにつながるものがあったの。

――江崎さんと、取り巻きクンたち――

定期的に食事に誘う、江崎さん。そして、江崎さんの話になったときだけ呆《ほう》けたようになる男のヒトたち。彼らが何でも言うことを聞いていたのは、このお酒を飲んでいたからだったのだろうか……。

あたしは慌てて周りを見た。

周囲には、大学生のサークルのようなグループから、老人クラブの集まりみたいなグループまで、いろんなヒトたちがお酒を飲んで騒いでた。でもよく見ると、すべてに共通してることがあった。どのグループも、男性の数が圧倒的に多かったの。いいえ、それは正確じゃない。もっと言えば、どのグループにも女性はたったひとりだけしかいなかった。そしてその女のヒトは賑やかな輪の中心に席を構えて、周りにチヤホヤされてたの。まるで、主人と家来の構図みたいに。

「それじゃあ、ここにいる男のヒトたちは、みんなそれぞれ女のヒトの……」

あたしの頭に、それまでの人生で出会ってきた、お姫さま然としたヒトたちの顔が浮かんできた。もしかして、あのたぐいのヒトたちは、この奉公酒というもので男のヒトを虜《とりこ》にしていたということも……?

「あの、やっぱり飲むのはやめておきます……」

あたしは背筋が冷たくなって、瓶を店員さんに押し戻してた。

店員さんはその意味を取りちがえたのか、こう言った。

「アンシンネ。ホウコウシュ、キク、オトコダケ。オンナ、ノム。チカラ、ワク」

そう言われてみたところで、お酒を飲むような気分にはやっぱりなれなかった。

「気分が悪くなったんです。次の機会にいただきますから……」

「ソウ、ザンネンネ」

店員さんはいかにも残念そうな顔をした。そうして、瓶を抱えて奥のほうへと消えてった。

あたしは正気を保つのがやっとの思いで、江崎さんたちのほうに目をやった。

江崎さんは、相変わらず輪の中で楽しそうに笑ってた。男のヒトたちは、ヘコヘコしながらあの手この手で奉仕をしてる。

あたしはさっさと食事を終わらせると、お店を出た。これは一刻も早く会社のみんなに報告しなくちゃ。そのことだけで頭の中はいっぱいだった。その日の夜は、よく眠れなかったのを覚えてる。

その次の日。あたしは朝一番に会社に行くと、女性社員に片っ端から江崎さんのヒミツをしゃべって回った。

みんな、はじめは信じてくれはしなかった。だけどあたしがあまりに真剣に話すものだから、だんだんウソじゃないって分かってくれた。そうすると、江崎さんをののしる言葉が飛び交った。

「最低ね、そんなことをやってたなんて」

「ありえないわ」

「よくもまあ、平気な顔して」

気持ちを共有できたことで、あたしはとってもすっきりした。みんなに交じって、その日は一日、陰で江崎さんを非難する言葉を吐きつづけた。

それで話が終わっていれば、こんな状況にはなってなかったんだけど。

それからしばらくたってからのことだった。あたしは信じられない光景を目の当りにしたの。なんてったって、経理の山本さんのところに男のヒトが集まって、親しげな様子で話しかけてたんだから。

　山本さんは地味なヒトだったから、それまでにそんな光景は一度だって見たことがなかった。あたしは目を疑った。それと同時に、嫌な予感が頭をよぎった。

「ちょっと、山本さん」

　すぐに本人を呼び出して、どういうことかと問い詰めた。すると彼女は、あっさり吐いた。あたしの話したあのお店に、男のヒトたちと飲みにいったって言うじゃない。あんなに江崎さんを非難していたくせに、自分も同じことをやってたの。

　そこから先は、もうめちゃくちゃ。

　山本さんのことを知ったほかのヒトが真似をして、それを見たヒトがまた真似をして。みんな口では非難していながらも、心の中では江崎さんをうらやましいと思ってたことがよく分かった。連鎖はどんどん拡大して、あっという間に会社全体に広がった。

　当然、江崎さんの耳にも話が入って、ずいぶん怒りをあらわにしてた。彼女、取られた男のヒトたちを奪い返そうと、連日のように彼らを引っ張ってあのお店へと繰りだしはじめたの。でも、そうやって江崎さんの陣営に戻ってきた男のヒトを、別の女がまた連れだして……。

　そういう経緯があるの。うちの会社の女のヒトが、それぞれいつも男のヒトを従えてるっていうのには。うちの会社では、戦国時代も顔負けの、女同士の陣取り合戦が日夜繰り広げられているってわけ。もちろんあたしに付いてるこの男のヒトたちも、奉公酒を飲んでもらったヒトたちね。

　あなたも大変な会社に入っちゃったもんだよねぇ。同じ女として、心底、同情するよ。でも、うちの会社でやってく気があるのなら、これは避けて通ることのできない道なの。

　それで、そう、いちばん肝心なことを話さなくっちゃね。どうしてわざわざ入社直後の新人ちゃんを捕まえて、こんな話をしたのかってことだけど。

　あたしはね、ほかの女に自分の家来を取られるのが、どうしても我慢ならなくて。この現状をどうにか変えて、男のヒトたちを何とか独占してしまいたいの。

　それには頭を使わなくちゃいけないなって思ってる。限られた駒を単に奪い合うなんて、どう考えたって生産的な話じゃないじゃない？　女のヒトが増えるたびに、ひとりあたりの割り当てだってどんどん少なくなってくんだからさ。どうせ先細りの運命ならば、いっそ最初から手を取り合って勢力を広げてくほうが、よっぽどスマートだって思わない？

そこで提案なんだけど。

ねぇ、どうだろう。こっそりあたしと手を組んで、みんなを出し抜くっていう案は。

二人でやれば、できることも増えるでしょ？

天下統一も、決して夢じゃないと思うわけ。

アイデア、売ります

おかげさまで、多くの方々からご好評をいただいておりまして。

このようなものを売る立場になるなどと、昔は想像さえもしていませんでしたよ。もともとは、冴《さ》えないふつうのサラリーマンだったんですからねぇ。まさか自分が、アイデアを売る側の人間になるなんて、人生分からないものですよ。

うちの店では、いろんな種類のアイデアを豊富に取りそろえていますから、きっとぴったりのものが見つかるはずです。お客さまは、どのようなたぐいのアイデアをお求めでしょうか。

なるほど、その前に店のことをもっと詳しく知りたいと。そうですか、まあ、気になるのも無理はありません。隠すようなことでもありませんから、お教えしてさしあげましょう。

そもそもの発端は、会社員時代にまでさかのぼります。

アイデアがすこぶるおもしろい人間というのは、どこの会社にもいるものじゃあないですか。

私がもともと勤めていたとある会社にも、まさしくアイデアの天才とでも呼ぶべき人物がいましてね。同期のモニワという男なんですが、これがもう、すこぶるおもしろいやつだったのです。

出す企画、出す企画、どれを見たって良いんですよ。泣ける企画から笑える企画まで、いつも絶妙のところをついてくる。名だたる先輩方と比べてみてもなんら遜色《そんしょく》のない、間違いなくトップクリエイターと呼べるようなやつでした。

対する当時の私はといえば、モニワと同じ部署に所属して企画を出す作業に携わってはいたのですが、まったくうだつのあがらない日々でした。モニワとは対照的に、出す企画、出す企画、ぜんぶ不採用。陰では部署のお荷物だと囁《ささや》かれ、入社してしばらくたつと、早くも異動候補に名前が挙がっていると噂されるほどでした。

そんなある日のことでした。私は翌日までに企画を出すよう迫られて、遅くまで会社に残って頭をひねっていたことがありました。

なんとか良いアイデアを思いついてやろう。そういう思いだけはまだあったのですが、いかんせん、いくら考えてみたところで凡人の私の頭には何も浮かんできやしません。適材適所という言葉があるじゃないですか。私みたいな人材をそんな部署に配属した人事のことを、心底恨んだものですよ。

と、そのときでした。私の耳に、がーがーと、妙な音が聞こえてきましてね。

集中力をそがれた私は、おかしな音に苛立《いらだ》ちました。しばらくは聞こえぬふりでなんとか作業に没頭しようとがんばったのですが、いつまでも鳴りやまない音に、気が散って仕方がありませんでした。それで私は席を立ち、音の出所を探ってあたりをウロウロしはじめたのです。

すると、いびきをかいてデスクで寝ているモニワの姿を発見しました。

彼もまた、翌日までに企画を出せと言われていたものですから、私はてっきり、おんなじように頭を悩ませているものだろうと思いこんでいたのですが、とんでもありませんでした。企画を考えるどころか、なんとモニワは眠っていたのです。それも、がーがー、いびきをかいて。

私は無性に腹が立ちました。今にしてみれば、単なる八つ当たりにすぎなかったのですが、こんなに怠けているやつに負けてしまうのかと思うと、なんだか切なくもなってきました。

いっそぜんぶ投げだしてやろうか。そう自暴自棄になりかけた矢先のことでした。

私は奇妙な現象を目撃することになったのですよ。

それはモニワの頭上で起こった、一瞬の出来事でした。

不意にどこからともなく光る粒が降ってきて、モニワの頭に吸いこまれていったのです。まるで、小さな流れ星が降ってきたかのように、です。

今のはいったい何だったんだと私が目をパチクリさせていると、突然、モニワがぱっとデスクから身を起こしました。そして、猛烈な勢いで手元のメモ帳に何やらどんどん書きこんでいくではありませんか。何が起こっているのだろうと、私はその光景に釘づけになってしまいました。

「ふぅ、できた」

しばらくするとペンを止めて、モニワはつぶやきました。

「できたって、何が……？」

私は思わず尋ねましたよ。

「あれ、たまちゃん、いたの」

ぽけぇとしながら、モニワは言います。真横にいる私に気がつかないなんて、すごい集中力だなぁと思ったものです。

「ずっといたよ。まあ、そんなことより、できたって、何ができたの？」

「企画に決まってるじゃん」

モニワの言葉に、私は耳を疑いたくなる思いでした。

「企画って……？　まさか、今書いてたやつのこと？」

「そうだよ」

「……ほんとうに？　だって今、寝てたじゃんか」

「これがおれのやり方なんだ」

モニワは手元の紙をひらひらさせてみせました。

「なんでかよく分からないんだけど、寝てるあいだにアイデアが降ってくるんだよ」

私は信じられない思いでしたよ。世間で天才と称される人がそういうことを言うのを聞いたことはありましたが、実際に身近な人からそんな言葉を聞くのは初めてのことでした。やっぱりモニワは天才だったのかと改めて感心するとともに、自分の才能をかんがみて、ひどく落胆したのを覚えています。

と、次の瞬間のことでした。

私の中で唐突に、先ほど見た不思議な光景がよみがえってきたのです。それと同時に、モニワの言葉もリフレインしました。

――寝てるあいだにアイデアが降ってくるんだよ――

まさか……。

私の中で、こんな奇妙な考えが浮かんでいました。モニワのいうアイデアとは、さっき彼の頭の中に入っていった流れ星みたいなもののことではないだろうか。もしそうだとしたら、私はまさしく、アイデアが降ってくる瞬間を、この目で見たということになるのではないだろうか……。

事実、光の粒が頭に吸いこまれていった直後、モニワは神がかったような自動書記状態になっていました。となると、やっぱりあれはアイデアだったにちがいない……。

それは突拍子もないことでしたが、考えれば考えるほど、確信は深まっていく一方でした。

あの光の粒は、きっと宙をさまよう無数の人の思念が凝縮して、形となったものなのだろう。そしてそれは時おり地上に降りそそぎ、人々にアイデアという名の閃《ひらめ》きをもたらしてくれるのだ。私はそう結論づけていたのです。

そうなると、疑問が湧いてきました。アイデアは、誰にでも降ってくるものなのだろうかと。

いや、そうではないだろうというのが、私の考えでした。中には偶然、降ってきたアイデアに当たる人もいるのかもしれませんが、大半の人は自分と同じようにそんな機会にめぐり合うことはないにちがいありません。おそらく世の中には、降りそそぐアイデアを拾うことができる受信機のようなものを生まれつき備えている人がいて、人はそれを天才と呼ぶのだろう。そう思いました。

アイデアとは何か。その問いは、周囲でも絶えず議論されつづけていた事柄でしたが、答えはいつだって曖昧《あいまい》で、つかみどころのないものでした。しかし私は、そのアイデアを、この目でとらえることができたというわけです。

と、そこまで考えて、待てよ、と思いました。

アイデアが目に見えるものなのならば、もしかして、捕まえることもできるのではないだろうか。あの光の粒を捕まえて自分の頭に落としてやれば、自分にもアイデアが降ってくるのでは……？

「なんで笑ってんの？」

私は気づかぬうちに自分の考えにニヤついていたようで、モニワに指摘され、はっと我に返りました。

「いや、べつに、なんでもないよ」

「それならいいけど」

モニワは、私をよそに荷物をバッグに詰めこみます。

「それじゃあ、おれはそろそろ帰るね」

「もう帰るの？」

「うん、いい企画もできたことだし」

「ああ、そう、気をつけて……」

いろいろと頭をめぐらせる私のことなど知りもしないで、そうしてモニワは帰っていったのでした。

結局その日、私はアイデアをものにすることはできず、翌日の企画会議はさんざんでした。が、ヘコむどころか私は内心、ワクワク感で満たされていました。モニワに降っているアイデアを捕まえるには、どうしたらいいだろう。そんなことで頭がいっぱいだったのです。

　虫とり網で捕まえるというのはどうだろう。私はさっそくそれを買い、その夜モニワの寝るのをデスクでじっと待ちかまえました。モニワはゲームをしたりマンガを読んだり、ひと通り好きにやったあと、自己流の企画作業に入るため、デスクに突っ伏していびきをかきはじめました。

　私はそのそばに立ち、網を構えて今か今かと前日に見たものが現れるのを待ちました。

　十分ほどがたったときでした。

キラリと光る粒が、突如、何もない空間から現れて、尾を引きながら一瞬のうちにモニワの頭に入っていったのです。私はあっと声をあげたのですが、時すでに遅し。すでに粒は消え去ったあとでした。

　私が舌打ちをしていると、モニワはすっと起きあがり、メモ帳にペンを走らせだしました。きっと、たったいま取り逃がした素晴らしいアイデアが、頭の中に降ってきたにちがいありません。モニワの様子を眺めるうちに、私は悔しさがこみあげましたよ。

彼はぱしっと音を立ててペンを置くと、満足そうにふぅと息をつきました。

「あれ、たまちゃん、何やってんの？」

ようやくこちらに気がついたモニワに、私は激しい嫉妬《しっと》を感じていました。どうして寝ているだけのやつにアイデアが降ってくるのだと、世の理不尽さを呪うような気持ちも湧き起こっていましたね。

「なんで網なんか持ってるの？」

そう指摘され、慌ててそれを隠します。

「いや、今度の企画で使おうと思ってさ……」

とっさにウソをついてごまかすと、モニワは、へぇ、とだけ言って、特に興味もなさそうな様子で大事そうにメモ帳をしまいました。

「それじゃあ、また明日」

そう言って、足取りも軽やかにオフィスを去っていったのでした。

彼のうしろ姿を見送ったあとで、私はひとり考えこみました。どうやらアイデアを網で捕まえることは難しそうだ。なにかほかの方法はないものか、と。

頭を悩ませたどりついた方法。それは、トリモチを使うやり方でした。ええ、ハエなんかを取る、あの白くてネバネバしたやつのことです。

あれならば、飛来するアイデアを捕獲できるのではないか。そう思い、翌日すぐにトリモチを買いに行き、業務もそっちのけでアイデア捕獲器の製作にとりかかりました。そして私は、棒の先につけたトリモチがちょうど突っ伏したモニワの頭の上にくるように、電気スタンドを改造して自作の捕獲器を完成させました。

それを私は、夜になって寝はじめたモニワのデスクにセットして、成り行きを見守りました。

たくらみは、大成功でした。

モニワが寝はじめてしばらくすると、キラリと光る一筋の線がひゅうっと頭上に降ってきました。

と、次の瞬間には、勢い余ってゆさゆさ揺れるトリモチの姿が目の前にありました。

私はすぐに、その光る粒をトリモチから剝《は》がし、指でつかんで眺めました。砂金のように美しく光るそれに、素晴らしいアイデアとは、じつにきれいなものなんだなぁと感じ入ったものです。

ひとしきり眺めまわしたあと、私は粒をつまんで自分の頭の上に持っていきました。

そして、計画どおりにぱっと指を離したのです。

——雷に打たれたような、という表現は、よく言ったものだと思いました。私の中を閃光《せんこう》が駆け抜けていって、脳みそから足先までが痺《しび》れたようになり、激しい衝動に身体を震わせました。次から次へとイメージがあふれ出てきて、気がつくと、猛烈な勢いでそばにあったメモ帳にアイデアを書きつけていました。

「ふぅ……」

ようやく衝動が収まってペンを止めると、私は額に滲んだ汗をぬぐいました。経験したことのない爽快感が全身を包んでいましたよ。

気を落ち着けて、メモ帳をゆっくり読み返してみました。するとそれが、もう、めちゃくちゃにおもしろかったのですよ。自分が書いたとは思えないほどの切れ味で、何度読んでもワクワクしてくるアイデアが、紙いっぱいにびっしり書かれてあったのです。私はすっかり陶酔してしまいました。

「……あれ、たまちゃん……？」

むにゃむにゃとモニワが起きあがってきたので、慌てて捕獲器を隠しました。

「いま何時……？」

私が時刻を教えると、モニワの顔が曇《くも》ります。

「え、ほんとうに……？　おかしいな……」

ぶつぶつと、ひとりつぶやくモニワに向かって、私はどうかしたのかと尋ねました。

「いや、それが、アイデアが降ってこなかったんだよ……どうしよう、こんなの初めてだ……」

「……そんな日も、あるんじゃないかなあ」

私は適当になぐさめの言葉を口にしました。もちろん、原因は私にあることは明白でした。いわば私は彼のアイデアを盗んだわけで、強い罪悪感に苛《さいな》まれました。しかし結局、心の中で天使と悪魔が戦って、悪魔のほうが見事な勝利を収めたのです。私は何も言いだせず、ただただ悩むモニワを眺めつづけるのみでした。

「……悪いんだけど」

気まずさを押しきって、私は口を開きました。

「企画もできたし、おれはそろそろ帰ることにするよ」

「うん……気をつけて」

「モニワは、まだ残るの？」

「アイデアが出てないからね……このままいったら初めての徹夜だよ」

「そっか……」

私は喉元まで出かかった懺悔の言葉を呑みこんで、その場をあとにしたのでした。


それから毎日、私はうしろめたい気持ちを抱えながらも、モニワのアイデアを捕獲しつづけました。一度あの快感を味わってしまうと、もう後戻りはできませんでした。周囲からの評価は、うなぎのぼりです。どんなお題に対してもキレキレのアイデアを提案することができるのですから、それも当然のことでしょう。

モニワはといえば、私のせいで大スランプに陥ってしまいました。それまでとは打って変わって、いつも頭をかきむしってはイラついた様子を見せるモニワに、いたたまれない気持ちになったものです。毎日のように徹夜でアイデア出しを行っていたのでしょう。目の隈《くま》も、日に日に濃くなっていきました。

「だめだ、ぜんぜん降ってこない……」

モニワを見ていると、天才タイプとは、いちど崩れるといかに脆《もろ》いかということがよく分かりました。もっともその元凶は私なわけで、偉そうなことは言えなかったのですが。

私はスタークリエイターへの道一直線でした。

しかしそのうち、とある異変に直面することになります。モニワのそばで待っていても、アイデアの降ってこない日が出てくるようになったのです。いくつもの企画を同時進行するほど売れっ子になっていた私にとって、それは大きな痛手でした。何もついていないトリモチを回収するという日がつづき、さすがにこれはおかしいぞと思いはじめました。

私はこう考えました。しばらくアイデアを受信していなかったモニワの頭からは、アイデアを呼び寄せる受信機のようなものが消えつつあるのではないだろうか。このままいくと、近い将来、アイデアが枯渇するかもしれないぞ……。

そこで私は、モニワ以外からアイデアを捕まえてくるべく、リサーチを開始しました。

世の中は広いのです。アイデアの降ってくる天才タイプは、モニワのほかにも必ずいるはずだと踏んでのことでした。私は同僚から社外の人間まで、天才がいるという噂を聞きつけてはトリモチを持って出かけて行ったものです。

成果は無論、あがりましたとも。アイデアは、少数ですが確実に、降るところには降っていることが分かりましてね。

ただし、です。モニワの場合はうまくいきましたが、アイデアを拝借しようとしても相手の寝込みを襲うことが、だんだん簡単ではなくなっていきました。特に社外の人となると、捕獲器を持って近づくことはとても困難でしたから、頭を抱えました。

どうしようかと悩んだ末に、最終的に私は事情を本人たちに説明して、降ってくるアイデアの一部を譲り受けるという方法を選択することに決めました。

もちろん、タダではありません。ひとつのアイデアをいただくたびに謝礼を払うということ。それから、アイデアの枯渇を防ぐために乱獲は行わないということ。この二つの条件をもってして、アイデアマンたちとの契約を次々に成立させていったのです。

最初は抵抗感を示す人もいましたが、根気強い交渉と、多額の謝礼によって、数々の契約を結ぶことができました。そうして私は、無限にも等しいアイデア源の確保に成功したというわけです。

これは、うまくやればビジネス化できるんじゃないだろうか。そんな考えが閃いたのも、同じ時期のことでした。

世の中には、以前の私と同じように、アイデアを求めて苦しんでいる人がたくさんいるにちがいない。そういう人たちにアイデアを売ってあげれば、大きな稼ぎになるのでは……。

思いつくと、すぐさま実行に移しました。つまりはこの会社を立ち上げて、捕獲してきたアイデアを売る商売をはじめたのです。

私の読みの正しさは、すぐに証明されましたよ。ありがたいことに、今ではアイデアを求める人からのお問い合わせが絶えません。まさしく、あなたのような方がね。

ただ、モニワには悪いことをしたなと、あれからずっと、私は罪悪感を抱きつづけています。モニワは、すっかりアイデアが枯渇してしまったようですからね。そうなる前にやりようがあったのではと考えると、勝手ながら本当に申し訳ない気持ちでいっぱいになります。

そんなこともあって、私はときどきこっそりと、よそで捕まえてきたアイデアを眠る彼の頭の上に落としてあげたりしています。それが、せめてもの罪滅ぼしになることを願いながら……。

私がこのような店をはじめたのには、こういう経緯があるのです。

いかがでしょう。少しはお分かりいただけたでしょうか。うちの店にはサービス業から製造業まで、あらゆるジャンルのアイデアがそろっていますから、お客さまのお望みのものもきっと見つかることと思います。

それに、です。あなたはとても運がいいですよ。

じつは今年は、数年に一度のアイデアの当たり年でしてね。ひと口にアイデアが降るといっても、その頻度は人によってだけではなく、年によってもさまざまなのです。そんな中、今年は大量の思念が世にあふれ出た、近年まれにみるアイデア大豊作の年なのですよ。

たくさんの金色の輝きが人の頭に降りそそぐ光景を、一度は見ていただきたいものですね。圧巻という言葉に尽きますよ。思わずトリモチを設置するのもおろそかになってしまうほど、素晴らしく美しい。私はそれを、アイデア流星群と名づけているのですけれど。

まあ、とにもかくにも、効果のほどはこの私が保証しますからご安心ください。

なにしろ、ほかならぬ私自身がこの方法で成り上がってきたのですからねぇ。捕まえてきたアイデアを、自分の頭にそっと落とす。そんな簡単なことだけで、これまでどれだけおいしい思いをしてきたことか。

そもそもですよ、このビジネスを思いついたのだって……。

靴の蝶

ドアを開けると、見知らぬ男が立っていた。その初老の男は、私を見るなり熱っぽく語りはじめた。

「夜分遅く、それもいきなり訪れて、失礼は承知していますが、どうか最後まで話を聞いてくれませんか。

何から話せばいいのか、高揚して自分でもよく分からなくなっているんですけれど……、そうですね、私が今の趣味を持つに至るまでの経緯を簡単に説明させてください。

私があれを収集するようになったのは、ひとりの収集家との出会いがきっかけでした。今では戦友と呼べる仲にまでなりましたがね。

出会いは突然訪れました。

ある日、人気のない道を歩いているときに、声をかけられたんです。

『すみません、ちょっといいですか』

見ると、そこには丸メガネをかけた男の人が立っていました。手には、なぜだか網を持っています。私は道を尋ねられでもするのだろうかと思っていたんですが、次の彼の言葉を聞いて首をかしげることになりました。

『靴を見せていただきたいのですが』

いきなり声をかけておいて、いったい何を言いだすのかと思いましたよ。私がぽかんとしていると、彼はすっとしゃがみこみ、私の靴に手をやります。

『やっぱりだ。こりゃあ珍しい』

たしかに、私は靴にはこだわりが強いほうで、なるべく人の持っていないようなものを選ぶ傾向がありました。ですが、道行く人に突然声をかけられるほど、珍しいものを持っているとも思えません。わけが分からず、どう対処すればいいのか私はひとり途方に暮れてしまいました。

するとと彼はしゃがんだまま顔をあげ、一言こう言いました。

『うん、間違いない。ヒラアカタテハですねぇ、実に珍しい』

聞きなれない言葉に、私は何と返せばいいのやら、戸惑いは増すばかりでした。そんな私とは対照的に、彼は興奮気味に言葉をつづけます。

『もしよろしければ、採集させてほしいのですが』

そう言って迫ってくる男にたまりかね、私はとうとう口を開きました。

『すみません、ちょっと状況の理解に苦しむんですが……』

彼は、はっとした表情になり、照れ笑いを浮かべました。

『これは失礼しました、ついつい興奮してしまいまして……。申し遅れました、わたくし蝶の収集をやっているものでして。珍しいものを見かけたので、思わずコレクターの血がさわいでしまいました』

私の頭に、疑問符がさらに浮かびましたよ。

『それは結構な趣味をお持ちで……』

とっさに返せる言葉といえば、その程度でした。私の靴と、蝶の採集。二つを結びつけようにも、あまりに接点がなさすぎましたからね。それに、自然のない都会で蝶を採集しようなどということ自体、ちょっと理解に苦しむ行為でした。

『だめでしょうか。やっぱりだめでしょうねぇ……』

彼は残念そうに言いました。

『何がです』

『じゃあ、いいんでしょうか』

　目を輝かせて言われても、話が嚙《か》み合っていないので何と言ったらよいのやら。

と、そのときです。驚くべきことが私の目の前で起こったんです。なんと、両方の靴の蝶々結びの部分が、突然動きはじめたんですよ。もちろん、風に揺られたわけではありません。いいですか、ただ紐《ひも》を結んだだけのはずだった蝶々結びが、本物の蝶さながらに羽ばたくようにゆらゆら動き、次の瞬間、あろうことか二つが空へと舞い上がったんですよ。

　刹那《せつな》のことで、私は凍りついて動くことすらできませんでしたが、彼は違いました。手に持っていた網を素早く振りかざし、飛び立ったそれを二つとも、さっと捕まえてしまいました。気がつけば、地面に伏せた網の中で、私の靴紐たちはじたばたしている状態でした。

　呆気《あっけ》にとられて声も出せないでいると、彼は言いました。

『ふぅ、あやうく逃げられるところでしたねぇ』

　そして開いた翅《はね》をたたむように持って蝶々結びを網の中から丁寧に取りだすと、私に手渡しました。差しだされるままに恐る恐る手に持つと、それは逃げだそうとするかのようにもがきます。

　私は、自分のつまんだその奇妙なものを、じろじろと見つめました。さっきまではたしかに私の靴に収まっていた、その赤く平べったい蝶々結びの靴紐は、いまや本物の蝶のように振る舞っているんです。足元を見ると、私の靴からは蝶々結びの部分がまるまるなくなっています。

　あまりのことに目を丸くするばかりでしたが、私はようやく口を開くことができました。

『いったいこれは……』

　そこで彼はようやく合点がいったという具合に、

『なるほど、これは失礼しました。ご存じなかったんですね。私が集めているのは、蝶々結びなんですよ』

　なんとなく予想はできた答えですが、いざ聞くと耳を疑いたくなるような言葉です。

『蝶ではなくて？』

『ええ。ですが、私に言わせれば、こっちのほうが蝶以上に蝶ですが』

　と笑います。彼が目をつけたのは私の靴ではなく靴紐のほうだったというわけで、それまでのやり取りのもろもろがようやくつながりはじめていました。

『美しいでしょう、見てくださいよ、この立派な翅、長く垂れた尾、色彩を。ただでさえ珍しい種類なのに、こんなに絶妙に赤が出ている個体は、めったにいないですよ』

彼はうらやましそうな目でこちらを見つめてきます。

私は、思っていたことを口にしてみました。

『蝶々結びは、どれもこんな感じなんでしょうか……すみません、あまり動いているところを見たことがないもので……』

『ええ、ふだんはじっとしているので目にすることも少ないかもしれませんがね。夜のあいだは飛ぶ姿を見ることもできます。あたりが寝静まったころ、気配を消して家の靴箱にそっと近づいて、ライトで照らしてみるといいですよ。運が良ければ、蝶たちが闇を舞う美しい姿を見ることができるでしょう』

私の中に、闇を舞う蝶たちの妖しげなシルエットが浮かび上がりました。

『蝶は、確認されているだけでも数万種、未確認のものを合わせると数十万種はいると言われています。一部は、こうして記録されていましてね』

彼は持っていたカバンから重そうな本を取りだし、ぱらぱらとめくってみせました。何度もめくったのでしょう、ページの端は擦り切れてぼろぼろになっていました。

私は、開かれたページをのぞきこみ、息を呑みました。

それは、色とりどりの蝶たちがずらりと並んだ、図鑑だったんです。

細く真っ白なシライトチョウ、銀色に輝くギンシアゲハ、黄と黒の縞模様のロープを連想させるキクロマダラ。その中に、ヒラアカタテハというものもありました。たしかに、私の靴にとまっていたものとおんなじ個体で、説明文を読むと希少性の高い種だと書かれていました。二匹が並んで写されているのが多いのは、左右の靴で一匹ずつの、つがいのものが多いからでしょうか。

『どうです、いいものでしょう』

図鑑を眺めるうちに、私はすっかりその魅力にとり憑《つ》かれてしまっていました。

ふつうの蝶は翅の模様の美しさを観賞したりするのでしょう。その点、蝶々結びの蝶の翅は輪郭だけで中身がないので魅力が半減しそうなものですが、それは実物を見ていない人の言うことです。蝶々結びの蝶には余計なものがない分、むしろ余白を想像させるといいましょうか、こちらの想像をかきたてる不思議な魅力があるんですよ。

私は、図鑑のページを次々とめくりました。蝶は、ナイロン科、綿科、絹科などのいくつかの科に分けられていて、そこから凧糸属《たこいと》、刺繡糸属というように分類がされているようでした。どこを見ても、好奇心を刺激されずにはいられません。

私の様子を察知したのでしょう。

『やっぱりその蝶はあきらめます』

そう言って、彼はこう付け加えました。

『それは、あなたのコレクションに加えたほうがいい。あなたも、蝶を収集したくなったんでしょう？』

はっとなってそちらを見ると、彼は笑いながら言いました。

『いろいろ教えてあげますよ。私も、分かち合える仲間ができてうれしい限りですからね』

私は弾む心で何度もうなずいたものですよ。

それからというもの、私たちは夜になると町に繰りだし、結び目から離れた蝶たちの採集に明けくれました。

『採集のときに一番気をつけなければならないのが、蝶を持つ場所です。いいですか、かわいそうですがこいつで試してみます』

彼は、そう言って目の前を飛ぶシルクチョウをさっと網で捕まえると、二本の尾のひとつをつまみ、それを空へと逃がしました。すると、飛び立った勢いで蝶々結びがほどけてしまい、ふわりと形を失って、蝶は単なる糸になってしまったのでした。

『こうなると、もう結び直しても元には戻らないんですよ』

私は肝に銘《めい》じました。

それから、蝶を呼び寄せる仕掛けについても教えてもらいました。紐をとった古いスニーカーをたくさん集め、軒先に吊るしておくんです。

『こうしておくと、夜になると自分の居場所と勘違いした蝶がとまりにくるんですよ』

実際、そうやって捕獲した蝶は数知れません。革でできた茶色い蝶、ライトグリーンの蝶、プレゼントの包みから抜けだしたのでしょうか、リボンの蝶。どれも自慢のコレクションです。

採集した蝶たちは、標本にして保管しました。標本といっても、捕まえた蝶をピンでとめてやるだけのことで、ピンをはずすとまた元のように飛びはじめるんですけどね。


そんなある日のことでした。私たちに大きな転機が訪れることになったんです。

彼の図鑑に挟まれていた一枚の色褪《いろあ》せたモノクロ写真が、ことの発端でした。

『これは……』

私が尋ねると、彼は遠くを見るような目つきになりました。

『あなたには、まだ言ってませんでしたねぇ。この世界で、幻と呼ばれている蝶なんですよ。オオナナイロと言いましてね』

写真に写っていたのは、切り立った山々を背景に空を舞う、大きな蝶の姿でした。

『昔、ある国の王女の特注品の靴から飛び立ち繁殖したといわれている蝶ですが、四十年前に目撃されたのを最後に誰も見た者がない、まさに幻の蝶です。この写真を撮った故人の話によると、七色に変化する鱗粉《りんぷん》をこぼしながら大空を優雅に舞う様子は、ほかのどの蝶よりも気高く美しいものだといいます。一度でいいから、見てみたいものですねぇ……』

その話を聞いて、私はいてもたってもいられなくなりました。

『捕まえに行きましょうよ、その蝶を』

しかし、彼は乗り気ではありませんでした。

『そう簡単にはいきませんよ。最後に目撃された場所は外国の、それも人里離れた奥地なんです。とてもじゃないですが、行きようがありませんよ。それに、これまでたくさんのコレクターたちが調査を行いましたが、採集はおろか、見た人さえも皆無なんですよ』

私は、好奇心と使命感に激しく燃えていました。

『コレクターがそんな弱気でどうするんですか。あなたがやらないなら、私ひとりでもやりますからね』

彼はしばらく黙っていましたが、やがて苦笑を浮かべながら言いました。

『コレクター歴の短いあなたにそこまで言われては、ベテランの私の名がすたれますね。よし、決めた。やりましょう。オオナナイロを、捕まえましょう』

そうして私たちは握手を交わし、幻の蝶の採集に乗りだしたのでした。

手がかりは、残された写真一枚だけでした。分かっているのは国名だけで、具体的な撮影場所はおろか、おおざっぱな地域すらも定かではない状況からのスタートでした。

私たちは生活を切り詰めお金を貯め、ようやく現地へと赴きました。そして自分たちの足で何日も村を渡り歩いて先住民たちに写真の場所を尋ね歩き、二週間ほどたったころ、とうとうその場所を特定するに至ったのでした。

ですが、喜びにひたったのも束の間、そこから先が難局を極めました。

『こういう蝶を見たことはないですか』

『知らないね』

同じやりとりを何度も重ねましたが、手がかりは皆目なしです。

やはり自分たちの力だけで調査するしかないのだと、二人で網を片手に山に分け入り探しつづけましたが、すべて徒労に終わるのみ。スニーカーを枝から吊るしてみても、集まるものは見慣れた蝶ばかり。そうこうするうちに期限はたちまち訪れて、私たちは落胆のまま泣く泣く帰国の途につくしかありませんでした。

数年を経て実現させた二回目の遠征も、失敗に終わりました。何の手がかりもつかめないまま、時間だけが虚《むな》しく過ぎていきました。

三度目の挑戦も実らなかったとき、私たち二人の間には長年にわたって積み重なった精神的な疲労が見え隠れしはじめていました。

年齢的にも金銭的にも、これが最後の挑戦になるかもしれない。そういう決意のもと、私たちは四度目の旅に出かけました。

そして私たちは、とうとう見つけてしまったんですよ。

崖を登り、けもの道を分け入って、ふらつく身体を休めようと木にもたれかかってふっと空を見上げた、そのときでした。

一瞬、空に虹がかかったのかと思いました。ですが、すぐにそれは錯覚なのだと分かりました。そこにいたのは七色に輝く鱗粉をふりまきながら空を舞う、一匹の大きな蝶だったんです。

その鱗粉はゆっくり地面へと舞い降りて、まるで天から虹が降り注いでいるかのようでした。あまりの美しさに、私は開いた口を閉じることができませんでした。それは見まがうことのないオオナナイロだったんです。

見惚《みと》れるあいだに飛んでいく蝶を逃すまいと、私たちは必死になって追いかけました。そして、少しずつ差が縮まって射程圏内に入ったかというところで、千載一遇のチャンスが訪れたんです。いきなり蝶が向きを変え、私のほうへと向かってきたんですよ。

しかし、そのとき私は、あるまじき大失態をおかしてしまったんです。いま思い返しても、どうしてあんなことをしてしまったのか……私は思わず網より先に手を伸ばし、蝶の尾をつかんでしまったんです。

はっと気づいたときには、もはやすべてが手遅れでした。手に残ったのは、結び目がほどけて一本の物質と化した、七色の糸のみだったんです。

茫然自失《ぼうぜんじしつ》とは、あのことでしょう。私の頭は真っ白になり、その場に崩れ落ちました。

私たちの落胆は相当なものでした。私は、同行の彼に何度も頭を下げました。

『まあ、仕方のないことですよ。次のチャンスを待ちましょう』

気丈に振る舞う彼の姿が、私の後悔をいっそう駆りたてました。ほかのミスならまだしも、一番はじめに注意を受けた、初歩的なミスなんです。私は激しく自分を責め立てました。

『まあ、姿を見られただけでも、よかったじゃないですか。また来ればいいだけの話ですよ』

ですが、もう一度挑戦する気力も体力も金銭も、もはや残ってはいませんでした。

お互いにそれが分かった上での言葉でしたので、いっそう虚しさが際立ちました。

帰国してからも後悔は長く尾を引きました。軒先に吊るしたスニーカーにあの七色の糸をぶらさげて、ぼんやり眺めながら過ごす日々がつづきました。

あれだけ夢中になっていた採集も手につかず、集めた蝶も全部逃がしてしまおうか。そう考えていた矢先のことだったんです。私は、目の覚めるような光景を目撃したんですよ。

月明かりの下、いつものように軒先に吊るしたスニーカーに集まる蝶を、一人ぼんやり眺めていたときのことでした。ぶらさげた七色の糸にひらひらと近寄ってくる、虹色をした蝶の姿を目にしたんです。

ええ、見間違うはずもありません。それはあの、オオナナイロだったんです。

どうしてこんなところにいるのか分からぬまま、私は反射的に網を手にとり、それを追いかけました。

蝶は私をあざ笑うかのようにひらひら身をかわしながら宙を舞います。私は振り切られないよう、必死になってあとを追いました。

そうしてたどりついたのが、この場所だというわけなんです。

たしかにオオナナイロは、扉の隙間からあなたの部屋に入っていったんです。もし何かご存じでしたら、教えてくれませんか。ねぇ、お願いですよ」

男は懇願するような表情でじわじわ迫ってきた。

私は、努めて冷静になりながら言った。

「よかったら、中に入りませんか？」

期待と不安の混じった顔でついてくる男を見て、私は思う。

言いたいことはたくさんあるが、いったいどれから伝えればいいだろうか、と。

彼は、まだ知らない。

私が、同じ趣味を持つ人物に出会えた喜びをぐっと抑えていること。奇跡的に発見した、幻と呼ばれる蝶のこと。そして、そのつがいの片割れが産んだ卵のこと。扉の向こうに広がる、一面の虹世界のことを。

背中をさすると

このままでは、こいつのためによくないことだ。

ある種の決意を胸に抱き、私はその日、部下に声をかけた。

「おい、きょうの夜、空いてるか」

「まあ、空いているといえば空いていますし、空いてないといえば空いてませんね」

と、答えたのが私の部下。弁当二つをたいらげて、でっぷり太った腹を撫《な》でている。

いつもながら癪《しゃく》にさわる言い方だ。

「どっちなんだ」

「目的によりますね」

へらっと笑って部下は言った。私はなんとか感情を抑えるよう努力する。部長たるもの、少々のことで取り乱してはならないのだ。

「焼肉でもどうかと思ってね」

「いいですねぇ。もちろん部長のおごりですよね」

「ああ、もちろんだとも」

こんなやつをわざわざ誘ったのは、ほかでもない。こいつのこういう態度を注意するためだった。

こいつときたら、仕事は怠けてばかりで何もせず、言うことだけはたいそうご立派。だめ社員の典型だった。いつもどなりつけてやりたくなるのだが、ほかの社員の前だからと私はぐっと我慢する。叱ってやるにも、時と場所をきちんと選ばねば成長にはつながらない。私には、そういう持論があるのだ。

もちろん会議室に呼びだしてこっそり注意をするのでもいいのだが、なんとなく無機的な感じになってしまうのは否めない。するとかえってやる気をなくし、怠惰に拍車がかかるおそれもある。叱るのひとつとってみても頭を使わねばならないのだから、上司というのは大変なものだ。

そんなこんなで、私は食べ物のこととなると目の色が変わるこいつを連れて、焼肉でも食いながらじっくり話をしようと思い立ったのだった。

「まあ、好きなものを食べなさい」

店につくと、私は言った。

耳に嫌な話を入れるときには、まず胃の中にうまいものを入れることからはじめねばならない。

「わあ、ほんとですか。やったぁ」

部下は声をあげて喜んだ。かわいいものだなと思っていると、店の人をすぐに呼びつけメニュー表を指さした。

「これをお願いします」

私はいきなりぎょっとした。部下が頼んだのは、メニューの中でいちばん高い肉だったのだ。好きに食べろと言いはしたが、こういうときは最初は遠慮するものだ。そんなところから指導するのかと私は呆れて溜息さえも出なかった。

しかし私は、もっと驚くべきことを耳にした。

「あ、四人前でお願いしますよ」

私は耳を疑った。上司のおごりの焼肉で、いきなり高級肉を四人前。いくらなんでもやりすぎだ。

「おいおい、ハイペースだな。私はそんなに食べられないぞ」

あくまで優しく穏やかに。相手が自ら気がつくように持っていくのもひとつのスキルというものだ。

　すると部下は、こともなげに言った。

「あ、部長もいりました？　これぜんぶぼく用ですよ。じゃあ、五人前にしましょうか」

　こいつ……私はこぶしを握りしめる。

「いや、私は自分のペースでやるから、好きにしたまえ」

「そうですか。あ、店員さん、ライスは大盛りね。それからジョッキは大きいやつで。すぐなくなるから、二つ持ってきといて」

　暴飲暴食とはまさしくこれだ。摂生を信条としている私にとっては考えられないことである。

「うまいですねぇ、いや、じつにうまいっ」

　何皿か食い終え満足しているところを見計らって、私は姿勢を正してこう言った。

「本題だがね、今日おまえを呼びだしたのはほかでもない」

　そして私は、ゆっくり話を切りだした。

「おまえの勤務態度についてのことなんだ。耳が痛くて嫌な思いをするかもしれないが、これはおまえを思ってのことだから、ちゃんと聞いてほしい」

そう言い終わる前に、部下は重ねるようにこう言った。

「部長、その肉、もう焼けてますよ。いらないのなら、もらいますけど」

わなわなと、身をふるわせた。

「人の話を聞け！」

と言ったそばで、私は乱暴な言い方になってしまったことをすぐさま後悔した。こういうときに感情的になってはならぬのだ。

「いや、すまない。ついつい声を荒らげてしまった。おまえには人の話を聞くという姿勢が少し足りないようだぞ」

「部長こそ、さっきからぼくは肉が焼けてるって言ってるじゃないですか。ちゃんとぼくの話を聞いていますか？　せっかくこんなにうまい肉なのに、肉に失礼ですよ。なんて、あはは」

だめだこいつは。救いようがない。さすがの私も限界だ。こんなやつと関わっていては人生を無駄にする。

私はそう判断し、うわべだけの言葉を適当に返すことで残りの時間をやり過ごすことにした――。

　やがて不愉快で無意味な時間も過ぎ去って、私たちは店を出た。

と、少し歩いたところで、部下がとつぜん腹の上に手をあてながらこう言いだした。

「部長、なんだか胃のあたりが変な感じなんですが……」

　そりゃそうだ、と心の中で私は言った。あれだけ食って飲んだなら、当然そうなるよ。出費がかさみ、こっちは飲み食べ放題にしておくべきだったと後悔しているくらいなんだからな。

　しかしまあ、一応上司なのだから形だけでも介抱してやっておいたほうがいいだろうと、私は部下の背中をさすってやった。

「大丈夫か」

　そのときだった。

　とつぜん部下が「うっ」と言って、その場にしゃがみこんだのだ。

「おい、どうした」

　胃のあたりを押さえながら、部下は言った。

「今ので完全に気持ち悪くなりましたよ……」

この期《ご》に及んで人のせいにするとは……。呆れてものも言えなかった。こんな態度のやつになんて、誰だって、ほら見たことかと言いたくもなる。自業自得。ざまあみろだ。

だが面倒なことに、私には上司としての立場という足枷《あしかせ》がついてしまっている。完全なる無視を決めこむことも難しいのだ。

「店に戻って手洗いを借りるか？」

部下は黙って答えない。

「おい、大丈夫か」

えずく音が聞こえてきた。

「ばか、やめろ、こんなところで戻すなよ」

私は大いに焦った。とっさに頭をめぐらせる。かばんの中に袋はあったか。いや、ない。

「せめて店の中まで我慢しろ、おい、やめろ、道端だぞ」

私がふたたび部下の背中をさすった、そのときのことだった。

「うっ」

とうとう部下の口から、物体がこぼれてしまったのだ。

最悪だ……そう覚悟した瞬間のことだった。私の前で、信じられないことが起こりはじめた。

部下の口からは、白い物体がもれ出てきた。

が、私が目を疑ったのは、そこからだった。

なんと、口から出てきたその白い物体は、重力に逆らってモクモクと宙へと上りはじめたのだ。

「いかんいかん、酔っぱらってしまったようだな」

奇妙な光景に、私は自分の正気を疑った。ぶるぶる頭を振ってみる。さあ、これで正気を取り戻したぞ。そう言い聞かせて視線を戻す。

しかし、その現象は先ほど見たのと狂いなく依然として目の前で起こっていた。いや、それどころか、口からあふれ出したそれはますます宙で大きくなって、どんどん人の形にまとまっていくではないか……。

物体は、おごそかな声で言った。

「誰だ、わしを目覚めさせたのは」

声に圧倒されて後ずさり、私は尻もちをついてしまった。

そいつ、と言っていいのかは分からないが、それは視線を周囲に走らせて、

「ふむ、おぬしのおかげと見た」

と、しゃがんだままで宙を見つめる部下に向かって声をかけた。

私は何がなんだかわけが分からず、ただただ状況を見守るだけだった。目覚めるとは何のことだろう……この妙なやつは部下に注意がいっているようだが、ひとまずこちらに矛先が向かなかったことは安堵《あんど》してもよいものなのだろうか……。

いやいや、と、私は急いで思いなおす。

こんなやつでも、部下は部下だ。部下のピンチに上司が安堵していてどうするんだ。私の中で正義感が湧き起こる。

さすがの部下も、萎縮してしまったにちがいない。だめなやつだが、ここは上司の立場でなにがなんでも守ってやらねばならぬだろう。

などと思っていると、部下は予想を裏切る行為に出た。何のためらいも見せずにこう言ったのだ。

「はい、ぼくです」

そして、けろりと立ち上がった。

私は、呆然とならざるをえなかった。事態の異様さもさることながら、部下のこの落ち着いた態度は何なんだ……。変わり身の早さというのだろうか、不測の事態への、この信じられないような順応性……。それにだ。今の今まで気持ちが悪いとうずくまっていたのはどこにいったのか。

「よし、では、願いをひとつだけ叶えてやろうではないか。何でも言いなさい」

「ほんとですか、じゃあ、どうしよっかなぁ……」

私はもう呆然を通りこして逆に冷静にさえなってくるほどだった。おかしな現象を前にして、ノリがあまりに軽すぎる……。恐れ入るとか、疑うとか、いろいろと通るべき道筋というものがあるではないか。リアクション界の仁義くらいは、きちんと切りたまえよ……。

まあ、もうこいつのことはどうだっていい。問題は、このおかしなやつの出現のほうだ。私は頭を切り替えることにした。いったいこいつは何なのだろうと。

と、そのとき、私の頭に閃くものがあった。

それは、かの有名な魔法のランプの話だった。

ランプをさすると口から煙が立ちのぼり、ランプの精が現れる。あれはたしか、そういう話だったはずだ。

私は、頭の中で先ほどの状況をリプレイしてみた。

なるほど、この妙なオバケが出てきたのは、私が部下の背中をさすってやってからのことだ。ふむ。さするものがランプと背中でずいぶんちがうというものの、このプロセスはあの物語とじつに酷似してるじゃないか。出てきた変なやつも、願いを叶えてやるとか言っている。考えれば考えるほど、じつに似ている。

そうして私は、数少ない手がかりをもとにして、ひとつの考えを組みあげてみた。

部下の身体は魔法のランプのようなものだったにちがいない。すなわち部下は、ランプの精のような精霊が身体の中に封印された状態にあったのだ。そしてそれを私が解放してしまった。背中をさすってやることで。

おとぎ話のような話だが、状況を見るにおおよそこんなところではないだろうか。

すると、目の前に現れたこいつは、本当に願いを叶えてくれるということか……？

とここまできて、私の思考はふと立ちどまる。

ちょっと待て。魔法のランプの話では、願いを叶える権利というのはランプをさすった本人に与えられるのではなかったか？

それならば、だ。

背中をさすったのは、ほかならぬこの私じゃないか。となると、願いを叶えてもらう権利は私にこそ帰属するべきだ。精霊のやつは何かを勘違いしているにちがいない。

「さあ、願いを」

精霊は部下に向かって言葉を促した。

その権利は私にあるのだ。勘違いを正すべく、割って入って抗議をしなければ。

「うーん、急に決めろと言われても迷っちゃうんですよね。今はシラフじゃないですし」

部下は精霊にまでも何だかナメた態度をとっている。こんなやつに願いを叶えられてたまるものか。

「精霊さん、お取りこみ中、すみません。ちょっと私の話を聞いてくださいませんか……」

前のめりになりそうになる自分を抑えつつ、私は努めて平静を装って言った。

しかし精霊どころか部下もまったく私の言葉を意に介さず、かぶせるように精霊に向かって言葉を発した。

「そうだあなた、一緒にうちまで来てくれませんか。何を願えばいいのかを一晩じっくり考えて、あすの朝、結論を出しますよ。ね、そうしません？　ね、ね。そうと決まれば、さっさと帰りましょう。あ、タクシー」

だめだ、こいつの性格のことを勘定に入れ忘れていた。大人げないとは思いつつ、私は声をはりあげ主張した。

「おい、ちょっと待ちたまえよ。その願いを叶える権利は、私のほうにあるはずだ！」

もし本当に願いが叶うのだとしたら、言うべきことは言わないと後悔することになってしまう。いや、この際、部下からの信頼を失ってもいい。上司の権限を行使してでも奇跡の権利を手にしなければ。

だが部下は、それをあっさり棄却した。

「やだなぁ部長。こんなときにつまらないジョークを言って。では、帰りますね。ほら、あなたも一緒に乗って、ほらほら」

精霊をせきたててタクシーに押しこむと、私にそれ以上反論する隙もあたえずに、部下はそのまま去ってしまったのだった……。

翌日、私はもんもんとした思いを抱きながら出社した。

まだかまだかとデスクで部下を待つ時間がもどかしかった。聞きたいことも言いたいことも、山ほどあった。

二杯目のコーヒーを飲み終えたころ、ようやく部下が現れた。

私は、その姿を見て驚いた。部下が見違えるような体型になっていたのだ。驚くべきことに、でっぷり出ていた腹が、一夜のうちにすっかりへこんでいたのだった。

私は、すぐさま部下を会議室へと呼びだした。

「願いごとを叶えてもらったら、へこんだんですよ。精霊が消えてしまうと同時に」

いつもと同じ軽い調子で部下は言う。

「で、用っていうのは何でしょう」

「察しろよ」

こいつはにぶすぎる。人をあんな状況で放置しておいて。

首をかしげる部下に向かって、私は身を乗りだした。

「で、どうだったんだ。本当に願いごとは叶ったのか。どうなんだ、おい」

「その件でちょうどご相談しようと思っていたところでして」

「相談？　願いごとの使い道とかかね」

「だから、願いは叶えたって言ったじゃないですか。人の話はちゃんと聞いてくださいよ」

　正論だが、こいつに言われると腹が立つ。

「まあ、言ってみなさい」

「じつは、会社を辞めようかと」

「なんだって？　それまたどうして」

　内密に願いますよ、と前置きしてから部下は言う。

「願いごとのおかげで、一生遊んで暮らしても使いきれないほどの財産を手に入れまして。そんなわけで、もう働かなくてよくなったんです。仕事なんてもともと食うためだけに仕方なくやってただけのものですし、これからは好きなことをしながら適当に暮らしますよ。そうだ、小説家でもやってみようかな。どうせひまだし」

　相談だと言いながら、その声は一方的に告げるような口調を帯びていた。それにしても、小説家に失礼なやつだな。

「部のみなさんには、家業を継ぐだとか自分探しの旅に出ただとか、まあ、適当にうまく言っておいてくださいよ。じゃあ、もう辞めますのでこれで」

ボタンひとつで退会できる手続きみたいに、簡単に言ってくれるなぁ。

まあ、そんなことはどうでもいい。聞くべきことを優先せねばならないのだ。

「辞める前に、最後の頼みだと思ってこれだけは教えてほしい。どうやったら私にもできるだろうか」

「なにがです」

「精霊を呼びだすことに決まってるじゃないか。私も、ぜひとも願いを叶えてほしいのだよ」

プライドも何もなかった。現実にあんなものを目にしてしまっては。

「とりあえず、昨夜も今朝も、自分で自分の背中をさすることをやってはみたんだ。だが、だめだった。何かコツのようなものがあるのだろうか」

「知りませんよ。第一、あのとき背中をさすってくれたのはあなたのほうでしょう。誰か別の人にやってもらってみたら、どうですかね」

「おまえがやってみてくれないか。ご利益がありそうだ」

部下は憐《あわ》れむような目で言った。

「仕方ないですねぇ。これっきりですよ、ほらどうですか」

「なんともない」

「じゃあ、もうやめていいですか」

「頼む、もう一回だけ」

「どうですか」

「背中がぽかぽかしてきたようだ……」

「ふざけないでください。いい加減にしてくださいよ。ぼくだって、いくらひまだからといってばかなことに付き合う気はありません。もう行きますよ。では」

「つれないじゃないか……」

帰ろうとする部下をつかんで懇願してみたが、部下は私の腕を振り払い、さっさと行ってしまった。

私は、そのまま会議室に残って思いをめぐらせた。

まさかあんな形で人生が変わることがあるとはなぁ。しかし、ずいぶんと報われない話じゃないか。

嫌なことがあっても、理不尽なことがあっても、誠実をモットーにがんばりつづけてきた自分。健康こそが財産だとストイックに摂生にいそしんできた、この自分。それがなんだ。あんな妙なことで、なんの努力もしていない生意気な怠け者が幸運をつかむなんて許されぬ。考えれば考えるほどはらわたの煮えくりかえる思いだ。

この気持ちを誰かと分かち合いたいところだが、話したところでどうせ信じてはもらえまい。もっともまあ、信じてくれたところで、人生そんなもんさという、考えなしの何も生まない無価値な同情で話を終わらされるだけだろう。

人は当てにならないのだ。状況を変えるには、自分の努力をおいてほかにない。特に幸運というやつは、向こうからはやってこないと昔から言うではないか。

あんなやつにできて、私にできないことはない。この手で幸運をつかんでやろうじゃないか。

こうして、その日から精霊を呼びだすための模索がはじまった。

私は、自分で自分の背中を入念にさすることからやってみた。いちどは失敗しているとはいえ、最初によく検証しておくべきことだろう。

……ふむ。何も起こらないとくる。

さすり方が悪いのかもしれないとタオルを持ちだし乾布摩擦に励んでみた。だが、精霊出現の予兆はない。

それならば、次の可能性だ。

なるほど、冷静に考えてみると、背中をさする機会など人生にはざらにあるものだ。そのたびにいちいち出てきていては、精霊さんも大変だろう。激務で身が持たなくなってしまう。

となると、精霊が出てくるのには何か条件があるにちがいない。

たとえば、その条件とは体質なのだという切り口はどうだろう。つまり、世の中には精霊を宿しやすい者と、そうでない者がいるという考え方だ。ランプの精だって、どのランプにでも宿っているわけではないではないか。

もしもその考えが正しいならば、早く方向性を変えねばなるまい。自分の背中をさする努力はまったくの見当ちがいということになり、いくらやってもいつまでたっても何も生まれないからだ。ベクトルの間違った努力は、努力と呼ばない。

しかし、体質だとすると、いったい精霊はどういう人の身体に宿るものなのだろうか。生まれつきのものなのだろうか、後天的に身につくものなのだろうか。年齢によるものなのか、性格によるものなのか……。

手がかりがないときは、実行してみるに限る。いろんな人の背中をさすり、試行錯誤のすえに経験則を導きだしてやろうではないか。

私は、手はじめに老人に狙いを定めた。不審がられずに背中をさすれる相手となると、おのずと限られてくる。横断歩道を渡る老人、階段をのぼる老人。老人という老人に、介抱をよそおい片っぱしから近づいた。そして背中をさする、さする、さする……。

それから、深夜のネオン街をうろつくようにもなった。老人の次にチャンスがあるのが、深酒をしている輩《やから》だからだった。彼らは道のはじでうずくまり、さすれとばかりに背中をさらす。私は心優しき介抱者。それに応じて背中をさする。さすりまくる。

成果はまったく現れなかったが、私はもちろん落胆しない。

だめならだめで、別の角度から攻めるのみ。

精霊が出てくるほかの条件。それは何かと頭を使って考える。なぜ、あの部下の身体からは精霊が現れたのか。なぜ、あのタイミングで？

ふむ。発生条件は、体質のほかにも考える余地が大いにありそうだ。食べたもの、飲んだもの、場所、時間、天候……無限の組み合わせの中から、奇跡に等しい確率でしか生まれえない出会いなのかもしれないぞ……。

だが、それがどうした。それならそれで、やってやろうではないか。

私は、あの部下のときと同じ状況を再現してみようと、同じ焼肉店に通いつめた。

が、結果は芳《かんば》しいものではない。

自分の行動を振りかえり、あいつと自分とのちがいについて考察してみる。あるいは、飲食に対するはめのはずし方が足りていないのかもしれないなと思い当たる。長年しみついた摂生がためらいを生んでいるのではないだろうか。

私は、ずっとこだわりつづけてきた食事制限のいっさいを意識的に取り払い、肉の量を激増させて酒をとにかく飲みまくった。

「だめだ、だめだ。あいつのはもっとひどい、暴飲暴食の極みと呼べるものだった」

腹十二分目くらいのところで、さらに無理やり胃に詰めこんでいく。

「うっ」

きたきた……っ！

と口から出てくるのは、いつもきれいでないものばかり。私の努力は実を結ぶことなく日々だけが虚しく過ぎていく。それどころか、暴飲暴食が裏目に出たか、私の体調は日に日に悪くなっていった。

身体はぶよぶよ、血はどろどろ。このままでは、願いごとを叶える前に命が危ない。それでは本末転倒だ。めまいに襲われることが重なって、私はとうとう医者に診てもらうことにした。

「ほとんどの項目で基準値を上まわっていますねぇ」

呆れたように首を振りながら医者は言った。

「いつからですか、生活習慣が乱れはじめたのは」

私は迷ったあげく、医者にすべてを打ち明けることにした。ウソをついては、治るものも治らない。

「これには事情がありまして……おかしなやつなのではと思われるかもしれませんが……」

「どうぞ、包み隠さずおっしゃってください。そのほうが原因の特定が早く、治療もやりやすくなります」

私は促されるままに経緯を話した。

「ああ、そんなことで」

医者が予想外の反応を返してきたから目を瞠《みは》った。

「精霊というか、魔神というか、あれのことでしょう？　そんなの、よくあることですよ」

「は？　いま、なんと？」

私は耳を疑った。

「だから、よくあることですよ、そんなことは。私たちのような職業じゃあ、患者さんの背中をさするなんて行為はしょっちゅうありますからねぇ」

ウソだろ……なんたることだ。そんなに簡単にうまくいってたまるもんか。私は気が遠くなるのを感じた。

「……では、あなたも願いごとを叶えてもらったというんですか？」

聞きたいような、聞きたくないような、そんな思いになっていた。

「そりゃあ、願いごとを叶えるのが彼らの仕事ですからね」

「どんなことを……？」

「いちいち覚えていませんよ。なにしろ、何度も出てくるので願いはあらかた叶えてもらいましたからねぇ」

「それなら、失礼ですが財産も？」

「ええ、まあ、そういうことになりますね」

「じゃあ、なんでこうして働いたりしてるんですか」

「趣味みたいなものですよ。ほかにやることがないので」

ふざけるな！

私はすがるように医者に言った。

「ひとつお願いがあるのですが……」

なんでしょうか、と医者は言う。

「次に出てきたら、願いごとをする権利を私にゆずってくれませんか。診察の場に同席させてくれませんか」

「むちゃ言わないでくださいよ……」

医者は苦笑を浮かべた。

「そこを、なんとか」

「できるわけがないでしょう。勘弁してくださいよ」

執拗《しつよう》に食い下がったが、まったくとり合ってもらえなかった。最後は看護師の人にはがいじめにされ、私は無理に外へと連れだされてしまった。

その帰り道のことだった。

とぼとぼと階段をのぼっていたときだった。

突然の吐き気に襲われて、私は思わずその場にしゃがみこんだ。

「大丈夫ですか⁉」

誰かがこちらに駆け寄ってくるのが分かった。それに反応しようとしたものの、身体がうまく動かせない。

「具合でも悪いんですか⁉」

その人物は親切にも声をかけてくれた。世の中、捨てたもんじゃないんだな。

私は、背中に手が置かれるのを感じた。そしてそのまますってくれる。

「うっ」

私は思わず口に手を当てた。しかし、遅かった。その前に、口から物体が飛びでたのだ。

やってしまった……。

が、出てきたものを目にした私は、反射的に叫び声をあげた。白いそれはモクモクと立ちのぼり、宙に形をつくりはじめていたのだった。

やった！

とうとうやった！

私はついにやったんだ!!

それはまさしく、求めつづけていたアレだった。

叫び終わるとあとはもう何も言えず、私は人の形を帯びていくそれを、ただただ精気を抜かれたように眺めていた。

と、そのときだった。私のそばで大きな声が響いたのは。

「ようやく出会えた！」

そして次に、こんな声が聞こえてきた。

「精霊さん、一生酒に困らない生活を!!」

これぞ人生。

私だけではなかったのだ。

恋子レンジ

なんていうか、あんな状態でホントにごめんね。今朝からずっと、あの調子で。別の日にしようかとも思ったんだけど、直前だったから言いだせなくて。引かないでね、としか言えないなぁ……。

一応補足しとくけど、いつもは全然ちがうからね。真逆と言ってもいいくらい。それがどうして、ああなったのかって。気になるのも、もっともな話だよねぇ。じつはね、あなたとわたしのことと無縁じゃなくて。遠回りになっちゃうんだけど、聞いてくれる？

「働く女子のパートナー、今ならなんとこのお値段！」

そんな言葉を聞いたのは、半年くらい前のこと。仕事から帰って、くたくたに疲れた身体でテレビをつけたら、いきなり耳に飛びこんできたの。

それが、レンジレンジとの出合いだった。

ううん、電子レンジのことじゃない。恋する子と書く、恋子レンジ。聞き慣れない言葉に、わたしは思わずテレビの画面に見入ってさ。

「恋をしたいけど、時間がない。恋をしたいけど、出会いがない。そんな女子にうってつけなのが、この商品！」

まさしく自分のことだなぁと、テレビのほうへ自然と身体を近づけた。

「毎日ほんの少しの時間で、恋愛気分にひたれます。冷めた心に、恋子レンジ。ぜひこの機会にお求めを！」

働く女子にとってはね、時間ってのはホントに貴重なものでさぁ。仕事以外の残りの時間で身体のケアもちゃんとしたいし、息抜きする時間だって確保したいし。だからわたしはそれまでも、なるべく時間を作るために健康器具からサプリメントに至るまで、いろんなものに手を出してた。働きながら輝く女子でありつづけるには、実家暮らしの身であったって生半可な覚悟じゃ絶対にダメ。男のヒトには、なかなか通じないことだと思うけど。

でも、いくらがんばったって、どうにもならないのが恋愛だった。

そりゃあ、わたしだって可能なものなら人並みに恋をしたかった。だけど、チャンスなんてなかなか転がってやしないもの。仕事と身体のケアだけで時間だけが過ぎてって、恋とは無縁の変わらぬ日々。心はすっかり冷たくなってしまってた。

だから、そのコマーシャルが終わる前にすぐさま電話を手に取ったのも、納得してもらえるんじゃないかと思う。

数日たって届いたのは、ヒトの背丈くらいもある大きな代物《しろもの》だった。

「なにあなた、また健康器具でも買ったの？」

部屋にあげる前にお母さんに見つかって、わたしはすぐに反論した。

「ちがうから」

「それじゃあ、なによ」

「べつになんだっていいじゃない。自分で稼いだお金で買ったんだから」

「どこに置くつもりなの？」

「わたしの部屋」

「やれやれね。どうせすぐ使わなくなるんでしょ。そんなの買う時間があるんなら、彼氏のひとりでも作ってくれたらいいのにねぇ」

余計なお世話だと思いながらもお母さんの言葉をスルーして、業者のヒトに荷物を部屋にあげてもらった。

包装を解くと電話ボックスのような四角いものが現れて、わたしは説明書にざっと目を通してみた。

——これは、恋波《れんぱ》で恋子を活性化させるための装置です——

いきなり知らない単語が並んだけど、読み進めるとこんなことが書かれてあった。

——恋波とは、恋子を活性化させる波のことです。また恋子とは、恋をすると活性化する物質のことです。この装置では恋波で恋子を活性化させ、あなたの心を瞬時に恋の世界へといざないます——

テレビで聞いてた文言どおりだったけど、わたしは改めて感心した。これぞまさしく、働く女子のパートナー。こんなものがあったなんて、もっと早くに知りたかったと思ったくらいだった。

わたしはさっそくその効能を試してみようと、装置についた取っ手を引いて扉を開けた。中は薄暗くなっていて、底にはお皿のような丸い台が据えられてて。

──金属製品は、必ず外してお入りください──

そのあたりは電子レンジとおんなじなのかと思いながら、わたしはネックレスと指輪をはずして台の上へと乗っかった。

──扉を閉めて、温めボタンを押してください──

きょろきょろあたりを見回して、装置の一角にぼぉっと光るそれを見つけた。わたしがボタンを押した、そのときだった。

柔らかな黄色い光がぱっと灯《とも》ったかと思ったら、ぶぅぅんと音が鳴りはじめて、台がゆっくり回転しだした。わたしはただただ、お人形さんになったみたいに身動きせずにじっとしてた。

一分ほどがたったころ、チンとひとつ音がして、さっと明かりが消え去った。

そのときにはもう、わたしの中で大きな変化が起こってたから驚いた。ウソみたいに、胸がドキドキしていたの。もちろん、動悸なんかとは全然ちがう。きゅんきゅんするっていうのかな。もう長いあいだ味わってなかった、まさしく恋の感覚が身体の奥で湧き起こってた。
わたしは扉を開けて外に出た。そして、あまりのことに愕然《がくぜん》とした。一面が薔薇色《ばらいろ》に染まったみたいに、とっても華やいで見えてさ。一分前と同じ景色を見てるはずが、まるで世界が変わってしまったかのように輝かしいベールに包まれて見えた。
これが恋子レンジの効果なんだと、すぐに悟った。それと同時に恋ってこんなに素敵なものだったんだってショックを受けて、たちまち恋子レンジの虜になった。

——恋子レンジの効能は、二十四時間持続します——

恋する気持ちを維持するために、わたしはお風呂あがりに心をチンすることが日課になった。

変わったことは、ほかにもあった。毎日使っていくうちに、いろんな影響が出はじめたの。

ほら、恋をすると人が変わるって言うじゃない？　不思議なことに恋子レンジを使うようになってから、お肌がつやつやし出したの。それから朝の目覚めもよくなった。仕事で失敗してもヘコまなくなったし、気持ちに余裕が出てきたおかげでいろんなことに寛容になれた。内に芽生えた恋する心が、生活をすっかり変えてくれたというわけね。

もっとも、盛り上がるのは気持ちだけで、実際の恋の相手はどこにもいないわけだから、虚しさを感じないこともなかったよ。でも、そんなときは、すぐにチン。ぽっかり空いた心の隙間は、恋子レンジがものの一分ほどで埋めてくれた。

ドキドキ感が足りないなぁ。そう思うときは温めボタンを二度押しして、長い時間、恋波に当たった。すると心が燃えあがって、付き合いはじめのアツアツ気分を味わえた。使いすぎて、ブレーカーが落ちたこともあったりしたなぁ。

そんなある日のことだった。予期せずあなたに声をかけられたのは。

飲みに誘ってくれたときは、ひとりで首をかしげたよ。職場のヒトと出かけることって、うちの会社じゃあんまりないことだったから。

「なんだか最近、変わったね」

あなたはそう言ったよね。

「恋人でもできたとか……？」

探るような口調のあなたに、わたしは笑って否定した。そんなのあるわけないでしょって。そもそもどこにそんな時間があるのって。

するとあなたは急に真剣な顔になって、うれしい言葉を口にしてくれた……。

突然のことだったから、はじめはすごく戸惑った。でも最終的に、わたしは自分の気持ちをしっかり見つめて、あなたの言葉を受け入れた。熱に押されたってこともあったけど、あなたとならいろんなことが合うかもなっていう予感もあって。

わたしが返事を口にしたときのほっとした表情は、何度思い返してみても微笑《ほほえ》んじゃうな。

「ぜったい誰かに恋をしてるにちがいないって、焦って告白したんだよ」

あのときは適当にごまかしたけど、あなたの目にそういうふうに映っていたのも無理はなかったというわけなの。たしかにあたしは、恋をしてるのとおんなじ状態になってたんだからねぇ。

ホントすべては、恋子レンジのおかげさま。働く女子のパートナーは、単にその場しのぎの充実感をもたらす装置なんかじゃなくて、きちんと本物の恋を運んできてくれるものだったのね。あの装置には、感謝してもしきれないよ。

でもそれからは、恋子レンジを使うことはなくなった。

あれに頼らなくったって、あなたのおかげで世界はすっかり薔薇色に変わったことだしね。それにこの恋は、時間をかけてじっくり自然の熱で温めたい。そう思って、わたしなりに大切に恋を育《はぐく》んでこうって決めたんだ。もちろんその思いは、今も変わってないけどね。

こんなとこかな、わたしが聞いてほしかった話ってのは。なんだか途中から照れくさい話になっちゃったけど、言いたいことはぜんぶ伝えられたかなぁ。

それで肝心の、あのヒトがああなっちゃった理由なんだけど。

お察しのとおり、すべては恋子レンジのせいでさ。

じつはこれまでも、あのヒトがわたしの部屋の健康器具を勝手に使ってるのには勘づいてたの。放置してたはずなのに、いつのまにか位置がずれていたりして。でもまさか、あの装置まで使うだなんて思ってなかった。それも、こんな大事な日に……。

とっくの昔に冷え切ってしまった恋心も、恋子レンジにかかれば一発だったみたいだねぇ。

お父さんの隣に座るだけで頬《ほお》を真っ赤に染めたりして、あれじゃあお母さんとわたし、どっちが彼氏を紹介しに来たんだか。

副業

前の担当者は、行ってみたら分かるから、としか言わなかった。幸の薄そうなその表情も、多くのことは語らなかった。

「こんな住宅地の真ん中に工場なんてあるのかなぁ」

おれは集配車を巧《たく》みにあやつり、細い路地を進んでいった。最後の角を何度も切り返してようやく曲がると、高い壁に囲まれた建物にたどりついた。住所を確認して呼び鈴を押すと、錠が開く。後方で再び施錠される扉を見て、ずいぶん厳重なんだなと思いながら入っていった。

「大口契約の相手が、こんなところにいたなんてねぇ」

さっさと荷物を運びいれて、帰ってしまおう。きょうの仕事はここで最後だからな。あたりもだいぶ暗くなってきた。

おれは工場らしき建物の横に車を寄せ、担当者が現れるのを待った。

ようやくこちらにやってくる影が見えたので、ハンドルをたたいていた指を止め、車から降りた。

影に歩み寄っていったおれは、その姿がはっきり見える距離まで近づいて、言葉を失った。

おれは信じられない光景を目にしていた。その人物は、黒いローブを全身にまとっていて、ガイコツの面をかぶり、鋭い鎌を持っていた。そして何より、ローブの裾をひらひらさせ、宙に浮かんでいたのだ。

恐怖で身体が固まった。死はとつぜん訪れるものだ、という言葉が頭をよぎった。おれは、瞬間的にその認識が甘かったのだと痛感した。まさかこんなタイミングで死がやってくるなんて。頭の中を思い出が走馬灯のように駆け抜けていく。

「ご苦労さまです。新しい担当者の方ですね、はじめまして。さあ、こちらです」

ガイコツはそう言うと、目には見えない踵《きびす》を返した。おれは丁寧な口調に拍子抜けし、安堵やら恐怖やらでわけが分からなくなって膝からその場に崩れ落ちた。

「どうしました」

「わっ」

そいつがすぐそばまで寄ってきていた。おれは慌てて後方に這《は》って逃げた。

「その様子だと、事情を何も聞かされていないようですね。しっかり引き継いでもらわなくちゃ困るじゃないですか。担当者が変わるたびにいちいち同じ話をしていたら、時間がもったいないでしょう」

　その人間味を帯びた物言いに、おれは妙な気持ちになった。これは、果たして人間なのだろうか。

「あなたは人間ですか」

　上ずった声で、勇気をふりしぼって聞いてみた。

「いいえ死神です」

　気が遠くなるのを感じた。

「まあ、今では死を扱ってはいませんので、その呼び名も昔の名残《なごり》にすぎませんがね。この鎌も、今では制服の一部のようなものです」

　それを聞いてほっとした。どうやら鋭い刃で危害を加える気はなさそうだ。おれはやっと、いくらかまともな思考を取りもどした。

「じゃあ、うちの会社は死神と取引していたんですか」

「そういうことになりますね」

道理で、前のやつが口をつぐんだわけだ。いくら説明されたところで、実物を見ないうちには信じる気持ちも湧かないだろう。

しかし死神が契約主となると、いったいどんな荷物を運ぶというのだろうか。まさか、死体じゃないだろうな。

「違いますよ。そういう事業はずいぶん前に廃止になってしまったんです。ほんとに何も聞かされていないんですか」

下手にごまかすのも良くないと判断してうなずいた。

「仕方ないですね。今後もお付き合いしていくことですし、ひととおり話しておきますか。

私たちは、もともとは間引き作業のように命を引きぬくのが主要な仕事でした。人口の飽和を避けるためです。

もっとも、好きこのんでやっていたわけじゃありませんよ。仕事とは、嫌でもしなければならないものです。あまり気分のいい仕事ではありませんでしたが、誰かがやらなくてはいけない。そういう使命感のもと、プライドを持って取り組んできたわけです。それに、給料もなかなか良かった」

死神の口元がにやりとした。

「ですがあるとき、見境なく無計画にたくさんの命を奪おうとする、不届き者が現れましてね。ほら、あなた方の世界で、おかしな事故がつづいた時期があったでしょう。あれですよ。

そういう輩《やから》は歴史的に見ても何度か出現しているんですが、そのたびにあんなことが起こってはあまりにむごいということで、私たちのあいだで議論が持ち上がりまして。そして、それならいっそ、死神業を廃止してしまってはどうかということになり、とうとう実施が決まったのです。ですから、今のあなた方の世界での死は、あくまで自然に基づいたもの、もしくはあなた方が勝手に招いているものであって、人口が減ろうが増えようが私たちの関与するところではないのです」

死というデリケートな問題をこう軽々と口にするあたりが、死を本当に扱ってきたプロと、漠然と受け止めてきた素人《しろうと》との違いなのだろうかとぼんやり考えた。

「ですが問題が持ち上がりましてね。廃業にするのはいいのですが、それなら、代わりに何かべつの仕事を見つけなければならない。収入源を絶たれるとなると、死活問題ですからね。私たちは集まって、いろいろな案を出し合いました。その中で、呪いの代行業に力を入れてみては、という意見が出てきました。それまでに、すでに呪いのグッズを作って現世で売りさばくという仕事を、死神業の副業として片手間で行ってきた経緯があったのです。呪いといっても、生き死にに関わるほどのものではなく、あくまで不幸を招くというたぐいのものですがね。

それまでの規模がとても小さなものでしたので、規模を大きくしたところで供給過多になるだけだろうと、賛成の声も少なかったのですが、ほかにいい案があるわけでもありません。私たちは、試験的にということで、呪いの代行業に乗り出すことにしたのです。

しかし、これが大成功で。恨みつらみというものは、想像以上に世の中にはびこっているんですね。そしてあなたたち人間は、人は呪いたいが自分の手を汚すのは嫌らしい。注文はひっきりなしですよ。

昔はひとつひとつ手作業で、呪いの儀式を行っていたんですが、需要と供給の釣り合いを考えると、とてもじゃないが手作業なんかではやっていられない状況になりました。そこで、工業化をはかったのです。つまり、この工場ができたわけです」

「それじゃあ、この中で呪いが大量生産されているんですか……」

想像するだけで禍々《まがまが》しい。

「で、どういった呪いを……？」

「藁《わら》人形によるものが主ですね。呪いたい人物の髪の毛を送ってもらう。依頼主にやっていただくのは、これだけです。あとはすべてこちらで処理してしまいます。中を見てみますか。そのほうが想像がつきやすいでしょう」

おれは、すーっと進んでいく死神のあとにつづいた。

「壁をすり抜けたりはできないんですか」

「できますが、それをやるとあなたが置いてきぼりにされてしまうでしょう。さあどうぞ」

中は薄暗く、おれは改めて不気味な心地になった。とつぜん、別の死神がおれの身体を通り抜けていったのでうろたえた。

「ああ、別に死神と接触したからといって害はないので安心してください。さてまずは、自動編み機です」

気を取り直して見てみると、藁人形が出口からぽんぽん吐きだされてきて、ベルトコンベヤーの上を順々に流れていた。

「ベテランの死神は、一目で不良品をはじくことができます。そうやって選別されたものに、送られてきた髪の毛を詰めていきます。これも一本一本、機械が自動でやってくれます。本当に便利なものですよ。

それが終わると、今度はこの防音ルームに入っていきます。音がうるさいので、ここは飛ばして、次の工程を見るのがいいでしょう」

「中では何がされているんですか」

「罵詈雑言《ばりぞうごん》の限りを録音したものを、大音量で流して聞かせているんです。呪いの事前準備のようなものですね。これをやるのとやらないのとでは、呪いの効果に大きな違いが生じることが証明されています。興味があれば聞かせてあげてもいいですが、きっと気が滅入ってしまうと思いますよ」

遠慮しておくことにした。

「さて、ここが呪いの最も重要な工程です」

「あ、五寸釘ですね」

「ええ。順番に流れてくる藁人形に向かって、突き立てていきます。どうです、壮観でしょう」

人ごとだと思ってお気楽なことを言ってやがる。おれは、中に自分に向けた藁人形が交じっていないかと不安になってきたってのに。

「さあ、仕上げの工程です」

「気温がぐっと上がりましたね」

「工業用のオーブンで炙《あぶ》っています。燃えるか燃えないかのぎりぎりのところを見定めて、人形にできる限りの苦痛を与えてやるのです。これを半日やって、呪いの完成というわけです。あとは、この先の焼却炉で燃やして処分してしまいます。五寸釘だけ強力な磁石で回収して、リユースしています」

その無駄のなさに感心した。

おれはふと、疑問に思ったことを口にした。

「いやぁ本当に貴重なところを見せていただきました。ところで、いくら出入り業者だといっても、秘密をこんなに簡単に打ち明けていいんですか？　私がばらしたら不幸がつづく人たちが暴徒化して、ここに押し寄せてくるかもしれない」

「好きにしてください。呪われてもいいのなら」

ひやりとした。もしかすると、社の上層部もこの手を使われて、死神と縁を切れないでいるのかもしれない。

「さて、説明は以上です。それでは、お仕事をお願いすることにしましょうか」

死神に案内され、おれは荷物の搬出口に行った。

「それで、ええと、運びだすものはこちらの箱の山でしょうか」

「そうです」

「ですが、いったい中には何が入っているんですか。さきほどの話ですと、ここに運ばれてくる髪の毛はあっても、運びだすものは何もないと思うのですが……」

客に荷物の中身を尋ねるのはマナー違反だろう。だが、おれは箱の中身が気になってしょうがなかった。

「これは護符です」

「護符？　だってここは呪いの工場なんでしょう」

「よけいな時間がかかってしまいそうなので、そのうち説明しようと思って黙っていましたが、最近はちょっと趣向の変わったことにも手を延ばしていましてね。

呪いの代行業はたいへん好評で、お礼のお手紙も絶えないのですが、その一方で、不安を吐露する声もたくさん上がっていまして。こんな世の中、どんなささいなことで呪われるか分からない。もしものために、対策としてできることはないか。自分は人を呪っておいて勝手なものですが、私たちはこれをチャンスだと考えまして。自動書記装置を導入して、五芒星《ごぼうせい》の描かれた護符の生産をはじめたのです。人間というものは、人を呪うことへの興味も非常に強いようですが、自分の身を守ることにはもっと関心が強いと見え、これが大いに当たりましてね」

死神は、ふたたびにやりとして、

「最近では、こちらの副業のほうがもうかっているほどなんですよ」。

指猫

「おまえ、あれはなかったぞ」

　お得意さんからの帰り道で部長が言った。

「自信があるのは結構だけど、お得意さんの前で手を組むなんて百年早いよ。しかもおれを差し置いて。先に言っておくが、相手も組んでたからなんて理由は却下だからな。新人なんだから、もっと謙虚な姿勢を見せないと。ささいなことで評価を下げるのはつまらないじゃないか」

「いや、これには事情がありまして……」

　ぼくは冷や汗をかきながら弁解しようと試みた。

「それに、あの方とはすぐに打ち解けられそうな気も……」

「何を根拠にそんなことを。言いわけなら聞きたくないね。いつも言ってるだろ。評価するのは相手側なんだって。大事なのはどう見られているか。こっちの事情なんてのは相手にとって関係ないんだよ」

「そうなんですが、いや、あの……」

ぼくは、しどろもどろになりながらもつづけた。

「なんだ、何か言いたそうだな」

「言いわけといえばそれまでなんですが……ちょっと聞いていただきたい話がありまして……」

部長の顔色をうかがいながらおそるおそる切りだした。

「まだ耳にされたことがないならば、おかしくなったんじゃないかって思われるかもしれませんが……でも、おもしろい話なんです」

「言ってみろよ、聞くだけなら聞いてやるから」

好奇心を刺激されたのか、おもしろい話、というところに部長は少し反応したように見受けられた。

「実は、猫を飼いはじめたんです」

「何の話かと思いきやだな」

「これが関係のある話なんです」

「まあ、聞くだけは聞くよ。しかし、一人暮らしなのに、思い切ったなぁ。忙しい自慢をする気はないが、おれの若いころなんて毎晩遅くまで仕事をしてはその足で飲み歩いたりして、家なんて寝に帰るようなものだったからな。ペットを飼う余裕なんてとてもじゃないがなかったよ。まあ、それが良かったのか悪かったのかは分からないがね」

「ぼくも同じようなものです。でも、実家でもずっと猫を飼っていたもので昔から猫が大好きで、一人暮らしをはじめてからも飼いたいなという思いがずっとあったんです。家を長く空けるとなると猫が何となくかわいそうで、なかなか踏みだすことができずにいたんですが……」

「猫は案外、放っておいても平気だって聞いたこともあるが」

「個人的な気持ちの問題なんです。こんな心配は人間のエゴで猫にとっては無用なものかもしれないですが、逆の立場だったらどうだろうか、とか、どうしても考えてしまうんですよ。

……とは言いつつも、やっぱりぼくは猫をあきらめ切れなくて、休みになるとしょっちゅうペットショップやネコカフェに行って、なんとかその気持ちを落ち着けていたんです。

そんなある日のことでした。今のうちの猫と出会ったのは」

「よっぽど気に入ったのと出会ったんだな」

「気に入ったことは気に入ったんですが、その猫はふつうの猫とはだいぶちがっていたんです」

「ペットの飼い主というのはだいたい同じことを言うもんだ。うちのは特別なんだって」

「そういうのとはちがうんです。

　その日もいつものように行きつけのペットショップに猫を見に行っていたんですが、どの子もかわいいなぁと思いながらガラスケースに張りついていたら、店主に声をかけられたんです。お客さんのような方にうってつけの猫が入ってきましたよって。ぼくは不思議に思いました。そのころにはもうペットショップの常連でしたから、店主もぼくが猫を飼いづらい環境なんだということはよく知っていたはずなんです」

「その猫がふつうの猫とはちがっていたってわけか」

「指猫《ゆびねこ》というのがその名前です」

「変わった名前だな。三毛猫みたいに分かりやすいネーミングにしてほしいもんだ」

「猫好きのぼくもそんな名前の猫は聞いたことがありませんでしたので、首をかしげました。でも、話を聞いてみると、それが分かりやすいも分かりやすい。文字どおり、指の猫というわけだったんです」

「どういう猫だったんだ」

「指で飼う猫のことだったんですよ」

「指で飼う？」

「指に宿る猫、と言ったほうが分かりやすいかもしれません」

「なんだかオカルトじみてるな」

「少しその気はあるかもしれませんが、話を聞くともっともらしいんです。

店主が言うには、どうやら動物がヒトの身体に憑依《ひょうい》する現象の研究の産物らしいんですよ。昔はキツネ憑きと言って、ヒトにキツネがとり憑いたとかよく言ったようですが、それを科学的に解明して、身体にではなく指に宿らせるようにしたのがこの技術らしいんです。ですから、飼うことを決めたときには精密機器のような、いかにもそれっぽい装置の中に指を差しだすことになりました。あらかじめ、どの指に猫を宿らせるかを決めた上で。ぼくは左手の人差指を選びました。オス猫です」

「たしかにもっともらしいけど、科学なら科学で、安全性が気になるところだな」

「さすがに最初は躊躇《ちゅうちょ》もありました。ですが、店主は信頼できる方でしたし、あまり世に知られていないだけで、すでに事例もたくさんあると聞いたんです」

「先行事例が決め手になるとは、お得意さんへのご提案と似ているなぁ」

「その話でぼくも猫を宿らせることに決めたというわけなんですが、指に宿らせられるのは、なにも猫に限ったことではないんです。ぼくが話を聞いたときには選べる動物の種類は少なかったんですが、今では技術が急速に進歩して、いろんな動物を再現できるようになったみたいです。何しろ需要がすごいらしいんです。ペットを飼いたいのに諸事情で飼えない人が、いかに多いかということですね」

「だが、おまえには悪いが、根本的なことを言ってしまうと、それはあくまで指に猫が憑依するだけで本物の猫じゃあないんだろ。そんなので満足するものなのか」

「見た目はたしかに指ですが、これが飼いはじめるともう猫そのものなんですよ」

「というと」

「机に手をのせるとするでしょう？　すると人差指が軽快に歩きはじめるんです。猫脚で軽やかなステップを踏むように。弾みをつけてティッシュ箱の上にジャンプしたり、仲間だと思ってか、隣の指にすり寄ったりしてもう本当に愛くるしいんです。日《ひ》向《なた》を見つけてごろんと転がりそのまま寝てしまうこともありますよ。

もちろん実際は手足があるわけでもありませんし声を出すわけでもないんですが、仕草がまさしく猫なんです」

「もともとが猫好きだから、余計にそう感じるところもあるんだろうなぁ」

「たまに他の指にぱっと飛びかかって攻撃しようとすることもあるので、ケガをしないように爪の手入れをする必要があるというところはふつうの猫とちがったところですが。ふつうは爪のケアが必要なのは猫のほうですからね。そんなですから、猫を宿らせる指には親指はあまり推奨されていないそうなんです。指相撲のときに相手にケガをさせてしまうからということで」

「たしかにそんな指とは勝負したくない」

「それから指猫にも個体差があって、攻撃的なものとそうでないものがいるんですが、もし何か悪さをしてしまっても、叱り方が悪いと人間嫌いになってしまうので、叱るときは愛情を持って理性的に叱ってやらないといけません。でないと指猫は丸まったままいくら呼びかけても反応しなくなってしまったり、余計に悪さをするようになってしまいます。このあたりはふつうの猫とおんなじですね」

「人間だっておんなじようなものさ。それで、そんなことになって日常生活に支障は出ないものなのか」

「左手の人差指なんてあまり使うことはないですからね。使うとすればキーボードを打つときくらいのものですが、そのときは先に指をよく撫でてやって、猫を大人しくさせてから動かせばいいわけです。それでも、いたずら好きの猫に当たってしまうと、ときどき指がめったやたらにキーをたたいて困りものですが、まあ、それはそれでかわいいものだと思いますよ。猫好きからしてみれば、の話ですが」

「おれには分からないけど、そういうものなんだろうなぁ」

部長の言葉を聞き終えると、ぼくは言った。

「こういうわけで、ぼくは特殊な猫を飼うに至ったというわけなんです」

「なるほど、おまえの事情というのはよく分かったよ。だが、それがお得意さんの前でのあの態度とどういう関係があるんだか、いまいちピンと来ないんだが」

話題が戻ってきたことで、また冷や汗が出はじめた。

「そのことなんですが、うちの猫は明るいところに出たがる性格で……」

「それで机に手をのせていたというわけか。まあ、それは分かった。しかし、手を組む必要まではなかったはずだ」

「そうなんですが、じつは予期せぬことが起こりまして……。猫がすっかり興奮して暴れようとするもので、右手を絡ませてしっかり押さえつけておかないといけなかったんです」

「慣れない場に出て興奮したとでも言いたいのか。それなら、そんなことはお得意さんには関係ないな。大人しくさせておけなかった飼い主の責任問題じゃないのか。どうだ？」

ぼくは恐縮しながら言う。

「それがお得意さんとも大いに関係している話なんです。部長、さっきのことを思い出してみてください」

首をかしげる部長を見て、

「相手の方も、手を組んでいたでしょう？」

「それがどうしたというんだよ」

「うちのオス猫はメス猫に興奮してしまったようなんです。そして、おそらくあちらも同じように」

「それじゃあ、お得意さんも指猫を……？」

「ええ。そして惹かれ合う猫を飼うもの同士、すぐに打ち解けられるのではと思ったという次第でして……」

印鑑騒動

おかしな事件はいつだって何の前触れもなく訪れるものだけれど、こと印鑑騒動に関しても、誰に予見されることもなく、とつぜんはじまったのだった。

それが私の身に最初に降りかかってきたのは、会社で交通費の精算をしているときのこと。提出した書類に不備があるといって、私は事務長から呼び出しを受けたのだった。

「いつもどおりにやったはずなんだけどなぁ」

と、私はぶつぶつつぶやいていた。すると事務長は、

「まあ田丸さん、ここをよく見てくださいな」

ヒステリック気味に、人差指で書面をトントン。見ると、捺印欄が空欄のままになっていた。

私は、ただただ首をかしげるばかりだった。

「あれ、たしかに押したはずなんですが……」

事務長は、問答無用で書面をトントン。

「言いわけご無用、さっさと書類を完成させて」

書類を回収できればよい。そう言いたげな事務長に、私は思わずむっとする。あってもなくても、印鑑なんてどうせ形だけのくせに。そう心の中で悪態をついた。

だけど、おかしいなぁ。本当に、きちんと印は押したはずなのに。

「なにか、ご不満でも？」

「いえ、すみませんでした……」

私は謝罪の言葉を言わされて、腑に落ちないまま書類に押印させられたのだった。

しかし、その日のニュースで、謎はすぐに解明する。

どの番組を回してみても、テレビはどこも同じ話題で持ち切りだった。

「……全国各地で、印鑑が書類から抜けだす事件が多発しています。繰り返します、本日明け方ちかくより……」

この人たちは、何を言っているんだろう。何度聞いても言ってることが信じがたく、はじめのうちは理解することができなかった。

しかし、昼間のできごとを思いだし、私はようやく事態を呑みこむことができたのだった。

「なぁ、この事件、おれもきょう遭遇したみたいだよ」

と、私。

「あら、大丈夫だったの？」

と、妻。

「まあ、なんとか。でも、押し直した書類も、今ごろまた印鑑が抜けだしてだめになってるかもしれないなぁ」

「たいへんね」

テレビでは、放っておいても、すぐに識者が自説を展開しはじめる。

「ただ言われるがままに押した、意味のこもっていない印。優柔不断なまま、押したあとも迷いが残ったような印。そういう腹が据わっていないふわふわした印鑑が、書類という現実から逃避するがごとく逃げだしたのでしょう」

「なるほどねぇ。だから、おれの印鑑も消えちゃったんだなぁ」

私は、なんとなく分かったような気分にひたる。

「なお、逃げる印鑑は、男性の押したものであることが多いとのことです。現場からは以上です」

そう言って、省庁の前からリポーターが締めくくった。

「男性のほうが多いのねぇ」

と、妻が何か考えながらつぶやくように言う。

「そりゃあ仕事で押す機会が多いからなぁ」

「それだけかしら」

「どうして？」

「なんとなく」

妻の言わんとすることは、おぼろげながら推測できる。近ごろは、情けない男が増えたからなぁ。

たとえば、娘の恋人にしたってそうだ。妻を通して聞く限り、結婚するとかしないとか、優柔不断にいつまでも、うにゅうにゅ言っているらしい。そういうやつらが押す印は、じつに責任感にとぼしく、形だけの浮足立ったものなのだろう。そんなんじゃあ、先が思いやられるなぁ。もっともまあ、私も人のことを言えた義理ではないけれど。

「お父さん、床に何かいるんだけど」

廊下から、大きな声が聞こえてくる。

「ごきぶりでも出たかい」

「いいから、ちょっと来てよ」

有無を言わせぬ言い方に、私は苦笑するしかない。こういうところばかり妻に似て。

よっこらしょと腰をあげて廊下に出ると、あっちをパタパタ。こっちをパタパタ。

「おいおい、スリッパを粗末に扱うなよ」

「いいから、ちょっと見てよ」

「なに」

と、娘が追いかけているのは、床を這いまわる田丸家の印なのだった。

「ほう、我が家でも」

「感心してどうすんの」

よく見ると、家の中は印鑑であふれかえっていた。

「こりゃまた、いろんな書類がだめになったなぁ」

それだけ、形だけの印鑑が多かったということなのだろう。

「呑気《のんき》なものねぇ」

と、妻。こう騒がしいと、なんだか笑けてくるのだった。

印鑑騒動は、その後も収まることなく広がりつづけた。

役所が印鑑まみれになっているのはテレビを見るまでもないことだが、掛け軸から落款《らっかん》が抜けだして、贋作《がんさく》がバレた骨董品屋なんかもいるようだった。

家の中はというと、日を追うごとに印の数が増えていった。丸いもの、四角いもの。太いもの、細長いもの。きっと割印だろう、半分で名前が切れているもの。行書、楷書。

中にはときどき、ご近所の名前が交ざっていることもあった。佐藤さん、大澤さん、鍋島さん。みんな適当な書類ばかり作ってきたのだなぁ。それとも、みなさん優柔不断な性格なんだろうか。

不動産。クルマ。新聞勧誘。

いざ買ってから、

「やっぱりやめておいたほうがよかったかなぁ、どうだったかなぁ……」

そりゃあ印も逃げだすかぁ。

まあ人のことはいいとして、とにもかくにも、我が家の印鑑が悪用されないことを、ただただ祈るばかりだった。

現に、ある会社の社長の印が悪用された事件がテレビで報道されていたのだった。印は何者かにとらえられ、改ざんされた契約書に、ひそかにノリづけされていたのだという。事件は未遂で終わったらしいが、まあ、印が逃げだしたということは、自動機械的に押印している、名ばかりの社長だったのだろうなぁ。

それに関連したもので、週刊誌では、印を売り買いする犯罪組織についての特集が組まれていた。ふらふらさまよう銀行印を捕まえて、高値で取引しているのだという。そんなので預金を下ろされたりでもしたら、かなわないなぁ。目下のところ、銀行は対応策を検討中なのだという。ということは、当分は自己責任で管理しろということだ。

と、改めてそんなことを考えているうちに、さすがの私もだんだんと危機感を覚えはじめた。我が家の印も知らないうちに借金関連の書類にでも使われたら、面倒なことになるからなぁ。

こりゃあ、家の中の印鑑たちを一網打尽にしなければいかんなぁ。外に逃げだし誰かに捕まる、その前に。そんなことを考えて、私は印を消すための策を実行に移すことにしたのだった。

私はまず、ぞうきん片手に印鑑たちを追いかけてみた。拭きとって消してしまおうと単純に考えたのだった。しかし、何度やっても素早い動きでことごとくかわされて、またたくまに冷蔵庫の裏に逃げられるのがお決まりの展開だった。

そして、その冷蔵庫が問題だった。どうやら印たちは、冷蔵庫の裏に巣を作っているようなのだった。

それというのも、近ごろは点ほどしかない小さな赤い粒のようなものが、部屋をうろうろしているのを目にすることが多くなっていたのだ。あれはきっと、印の子どもにちがいない。あれが大きくなって、外に出て捕まりでもしたら、そうとう厄介だぞ。私は頭をひねって、印鑑の駆除策を考えつづけた。

霧吹きで湿らせて、動きをにぶらせるというのはどうだろう。そう考えて、めったやたらに霧を吹きつけてみた。だが、色がにじんでいくらか効果はあるようだったが、やはりそのまま逃げてしまって、根本的な解決にはならなかった。

しかしあるとき、私の頭についに妙案が降りてきた。

追いかけると逃げるのだから、この構図を逆転させればいいのではないか。と考えたのが発端だった。印たちをおびき出し、のこのこやってきたところを根こそぎ退治するのだ。うん、完璧じゃないか。好きそうなものさえ用意できれば、いける気がする。

そして私は、ごきぶりホイホイを改造し、印鑑ホイホイなるものを作りだした。その真ん中には、エサの代わりに朱肉をセットする。それを私は、台所と冷蔵庫下の二カ所に設置した。

次の朝、作戦はおもしろいほど見事な成功を収めていた。

そこには、朱肉を目指すばかりに粘着成分にとらわれた哀れな印たちが、たくさんかかっていたのだった。

私は、そのすべてをひとつひとつ丁寧に拭きとって消していった。安堵の気持ちが広がっていく。中には、ご近所の印も交ざっている。ついでに消しておく。

だが、その中に見慣れない名前があった。こんな人、近所にいたっけなぁ。

気になって、私はさっそく町内会の名簿を見た。隅から隅まで指で追ってみたけれど、そういう名前は見当たらなかった。

「どこから紛れこんだんだろうなぁ」

なんとなく消すのもためらわれて、妻と途方に暮れていた。

すると、娘が割りこみ、あっと声をあげたのだった。

「こんなところに居たのね」

そして、素早い動作でテープをかぶせ、印をきれいに写しとった。

「知り合いかい？」

私は娘に尋ねてみる。

と、そのとき。妻も、あっと声をあげた。

「ああ、その名前、どこかで聞いたと思ったら、そういえばあんたの……」

それで私は、事情を察する。

「順番が前後しちゃってあれなんだけど」

そう言って、娘は婚姻届を差しだした。

「いつまでもぐずぐず言っててもどかしかったから、まずは書面を用意して、腹をくくらせようって思ったわけ。それで目の前に座らせて、印を押させたの」

我が娘ながら、やることが大胆だなぁ。

「……なんだけど、こんなことになるなんて、情けない」

対する娘の印はというと、どっしり構えて動きゃしない。

人材派遣

「社長、来客です」

「例の人物か。あの会社からの推薦とあれば、会わないわけにはいかないからなぁ」

私は、やれやれと腰をあげる。

最近は訪問者が多くて対応に困ってしまう。どこで聞きつけてくるのか、業績が伸びはじめてから急に訪問するやつが多くなった。はじめのころは、誰も相手にしてくれなかったというのに。世の中、現金なものだ。

「これはこれは。お初にお目にかかります」

応接室に入ると、男が立ちあがった。温和な表情を浮かべているが、目は笑っていない。抜け目のなさそうな印象の男だった。

「どうも。それで、何のご用件でしょう」

「私、こういうことをしている者でして」

名刺を斜め読みすると、派遣事務所と書かれてあった。

「人手なら、十分足りていますよ」

私は少々がっかりした。ありきたりの客か。優良企業からの紹介だと思って、少しは期待していたのに。

「いえ、派遣といっても、よくあるやつとは少々趣が異なっておりまして。働き手を派遣するわけではないのです。私どもの派遣するのは、仕事をサボり、嫌味で、周りの士気をさげ、斜に構えているような、すぐに陰口の対象となるような人物です」

「すみません、今なんと？」

「わざと陰口をたたかれるよう特別に訓練された人材を派遣いたします、と、そう申しているのです」

この人は正気なのだろうかと思った。

「ちょっと意味がよく理解できないのですが……」

場合によっては、推薦者に文句を持ちこまなければならないだろう。こちらも、おかしなやつの相手をしているほど暇じゃないんだ。

「いま申し上げた以上の意味はございません」

「申し訳ありませんが、お引き取り願えませんか。仕事は、山ほどあるんです」

そう言って、立ちあがりかけた。

「まあまあ、聞くだけ聞いてください。これには、理由があるのです」

「なんですか、人が悪いですね。それならそうと、もったいぶらずに早く言ってくださいよ」

私はふたたび腰をおろす。

「御社には、陰口をたたかれる人物が必要だと思い、こうして伺ったのです。ところであなたは、そういう人間のことをどう思いますか」

「どうって……そりゃあ、いい気分にはなりませんよ。できれば、一緒に仕事はしたくない。軽蔑するでしょうね。それこそ、陰で悪く言ってしまうことも、あるかもしれない。もっともまあ、それが本当に救いようのない輩なら、という前提があっての話ですがね。自分と合わなかったり変わった性格だったりというだけでつれなくするなんて、もってのほかですから」

「じつに結構なお心構えです。しかし今あなたは、陰口を言うかもしれない、と、そうおっしゃいましたね。その、陰口なのです。人は本来、陰口を言うことで心のバランスを保つ生き物でしてね」

男は、自説を展開しはじめた。

「陰口は、文句や噂話という言葉と置き換えていただいても結構です。たとえば、考えなしにすぐに人を罵倒するやつ、自分勝手なやつ、嫌味なやつ、悪意を持ったやつ。そういう者たちは、いつの世だって陰口の対象となってきました。

人は、心のもやもやを取り除く対象を本能的にほしがっているのです。たとえば、ご自宅のご近所を思い浮かべてみてください。おかしな人というのは、ひとりは必ずいるものでしょう。人は、そういう人物を陰口の種、文句の種、噂話の種にすることで、知らず知らずのうちに気分を晴らして生きているのです。

本当におかしな人物を槍玉にあげているうちは、まだましです。一番いけないのが、いわれもないのに傷つけられる人が出てくることです。いじめなど、その最たる例ですよ。人々は本能にしたがって陰口をたたきたいのに、そのはけ口が見つからない。そういうときに、何の罪もない善良な人物に矛先が向き、犠牲者が生まれるのです。それは憎むべき行為ですが、もともとが本能に根ざしたものだから、理屈で押さえつけようとしても限界がある。

これまで人間は、そういった自分たちの本能にうすうす気がつきながらも、見て見ぬふりをしてきました。中には真剣に考えてきた人たちもいるでしょうが、彼らは、道徳を訴えつづければ、どうにかなると思ってきた節がある。それは現実逃避というもので、努力うんぬんで解決できる問題ではないのです。生理的な問題を努力で解決しようとして、なんになりますか。

そこで、私どもは発想の転換をいたしました。どうしても避けては通れないのならば、その負の感情をうまく処理する仕組みがあればよいのではないか。そう考えたわけです。下水道のようなものを想像すると、分かりやすいでしょう。

そうして立ち上げたのが、この派遣事務所というわけなのです。私どもは、陰で悪口を言われるような人物を意図的に組織の中に混在させてそのはけ口をつくり、組織の活性化に貢献しているのです。ひとりそういうのがいると、組織というのは妙に団結するもので、結果として御社の業績も飛躍的に向上することでしょう。またそうすることで、罪なき犠牲者を少しでも減らすことにも役立ちます」

「なるほど」

理にはかなっているような気はした。が、すんなり受け入れるには抵抗があった。

「実例を示したほうが、説得力があるでしょうね。内密に願いたいのですがね、ここだけの話、私どものお得意さまには政府の上層部の方もいらっしゃるのです。依頼を受け、私どもは議員としての人材をひそかに政府に派遣しているのです」

「政府なんかに派遣して、どうするんですか」

私は首をかしげた。

「さっき申し上げました、組織の活性化のためですよ。ほら、国会中継を見ていると、足を引っ張りたいだけで、呆れたやつだなぁと思う人物がいるでしょう。あれは、私どもが派遣した人材なのです。そうすることで、陰口がその人間に集まるようになり、組織に団結力が生まれてくるのです。

もっともまあ、これは少し前までの話ですがね。最近では上層部の方から依頼があり、政府の活性化ということから趣旨を変え、違う目的のために派遣を行うようになりまして」

「と言いますと」

「上層部をのぞいて、政府それ自体をおかしなやつの集まりにしてしまおうという試みです」

「そんなことをしてなんになるんですか」

「国の活性化ですよ。この試みで、世の人々は日々の不平不満を政府への悪口を言うことで発散することができるようになりました。あまり意識をしていないでしょうが、少し考えてみてください。日常の中で、政府に対する文句がどれだけを占めているでしょうか。そういうはけ口があることで、日常の不満もこの程度で収まっているというわけなのです」

「ははあ、どうりで政府筋には変な人ばかり集まっているわけだ。いくらなんでも、おかしいと思っていたんですよ」

「それから、国の上層部の依頼で、世間という実体なきものをつくり出したのも私どもです。これも、人々の本能のはけ口をつくるためです。人々は、世間を嘆き世間の悪口をたたくことで心のバランスを保っている。世間がなければ、毎日の生活はもっと不満にみちあふれたものになっているでしょう。そういうことですよ」

「なるほど、だんだん分かってきましたよ。では、マスコミもそうなんですね。わざと非常識なことをして、人々の負の感情のはけ口になるように努めているというわけだ。恐れ入りましたよ」

「いえ、あれにはまったく介入していません。ああいうことをされると、私どもも商売あがったりなので、少しは自制してほしいものですよ。

さて、どうでしょう、私どもの取り組みについて少しは理解いただけましたでしょうか。

実例はこれにとどまりません。身近なところですと、あの会社が良い例です」

男は、紹介主である社長の名前を挙げた。

「私どものサービスを受けるようになってから、あの調子です」

「たしかに、あの会社が伸びはじめたのも、ここ何年かでのことだ。裏ではそういうことが行われていたのか……」

「いかがでしょう、ご興味のほどは」

私はうなった。たしかに、男の言うことは的を射ているような気がする。しかし、やはり、なんとなく腑に落ちないものがあった。

私は、自分の会社の社員たちの顔を思い浮かべながら答えた。

「せっかくですが、うちは誠実な社員がそろっている会社です。将来的なことは分かりませんが、今のところは必要なさそうですよ。それに、社の利益もおかげさまで伸びつづけている。今のまま、しばらくはやってみますよ。

ですが、妙な世の中になったものですね。あなたのような商売が流行《はや》るとは」

「いえいえ、健全な世の中がつくられつつあるものと、私どもはそう考えておりますよ。

それから、差しでがましくも一言だけ申し添えておきますが、誠実な社員ばかりがそろっている。あなたは、そうおっしゃいましたね。社長として、そう考えたいお気持ちはよく分かりますがね、実際のところはどうでしょうか。特に、御社のように、大きな会社の場合はどうでしょう。全員の性格をつぶさに把握することなど、不可能な話です。

それに、人が裏で何を考えているのかなんて、けっきょくのところ他人には分かりっこないものです。全員が常に誠実だなんて、ありえません。仮にそう見えたとしても、中には無理をしている人もいるでしょうし、そういう人は、いずれ限界がきます。負の感情のはけ口を探して、もがき苦しむ。やがては、組織によからぬ影響をもたらすことでしょう。そのことを、くれぐれもお忘れなきよう。

では、本日お伺いしました本題に入りますが」

「なんですって」

私は耳を疑った。

「実は、去年の新入社員の中に、我が社から派遣した人物を混ぜていたのです。本日は、その無料サービス期間が終了しましたので、こうしてやってきたわけでして。効果のほどはいかがでしたでしょうか。

さて、いかがいたしましょう。派遣を中止しましょうか。それとも継続しましょうか。このまま利用される場合には、来月からこちらの料金が発生してしまうのですが」

来世研究所

あなた、新米ですね。分かりますとも。笑っていてはいけません、みなさんまじめにやっているんですから。これですか、トマトジュースです。あまりおいしいものではありませんがね、我がためですよ。

私がここに通う理由？　それはもちろん、来世に備えて練習するためです。みなさんとおんなじです。あなたももうすぐ仲間入りですね。

たとえば、ほら、あそこに見えるでしょう。彼は木下さんといいましてね。何をしていると思いますか。

いいえ違います。体を鍛えているという意味では正解ですが、あれはうさぎ跳びをやっているのではないんです。何だと思いますか。分からない。かえる跳びですよ、かえる跳び。

木下さんの来世は、かえるなんですよ。ええ、あなたがこれから受ける診察で分かったのです。あなたも、そのために来たんでしょう？　誰だって、来世は気になりますからね。それが分かるとなると、半信半疑でもついつい足を運んでしまう。分かりますとも。私がそうでしたから。

　芝生の上を這っている人が、大沢さん。背にバケツをのせているでしょう？　紐で固定しているんですね。ああやって、来世に備えて殻を背負うのを疑似体験しているというわけ。ええ、彼の来世はかたつむりです。

　大沢さんは、はじめは蛇や尺取虫の人たちと一緒に、地面をうまく這うトレーニングからはじめられたようです。その次の段階として、ああやってバケツを背負って練習している。バケツがなければ、ただのナメクジですからね。この段階を卒業すると、次は葉っぱに見立てたところを這う練習だそうですよ。

　こういうふうに、ここにいるみなさんは、来世に向けて独自のトレーニングに励んでいます。プログラムは、ここのスタッフが適切なものを用意してくれています。来世になってから練習していては、手遅れですからね。何事においても、先を見越して行動することが肝要です。

　ええ、ええ、お気持ちは分かります。初めての方は、不安も多いことでしょう。少しでもそれが和らぐのなら、私の体験談をお話しして差し上げますよ。

私が、初めてこの来世研究所を訪れたのは三カ月前のことです。最初この光景を目にしたとき、私もあなたと同じようにせせら笑いを浮かべていましたよ。ほら、その笑い方。正直なところ、私も最初は怖いもの見たさ、からかい半分という感じでここを訪れました。

ここをまっすぐ行ったところが入口です。受付をすませると、待合室で呼ばれるまで待機します。人によっては時間がかかるようですので、置いてある小難しい学会誌なんかに目を通すのもいいのではないかと思います。

アナウンスされたら、奥の診療室に入ります。大きな病院なんかとはちがって、扉はひとつしかありません。間違ってちがう部屋に入り怒られることもないでしょう。

研究所というくらいなので、近代的で無駄のないデザインの診療室を想像していました。ですが、中に入って私は妙な気持ちになりましたよ。窓が紫の刺繍入りの黒いカーテンで覆われていたり、書類棚のうえは動物の頭蓋骨で埋めつくされていたりと、とても近代的とはいえない雰囲気だったんです。よく見ると、仏像なんかも置かれています。どこかで、木魚がぽくぽく音を立てているようです。不安がとつぜん私を襲いました。

袈裟《けさ》のようなものをゆるく纏《まと》った男の人が出てきました。

「ようこそ、我が来世研究所へ。さっそくですが、あなたの来世を見ることにいたしましょう」

私は仰々しい装置が備わった椅子に誘導されました。そして、被《かぶ》り物のようなものを渡されました。

「脳波測定器ですか」

「まあ、そんなようなものです」

装置を取り付けているあいだ、私はその人にいろいろと尋ねてみました。

「どうして、来世を研究するようになったんですか」

「ある偉大な目的のためです」

「目的」

「はい、そのために我々は来世を研究しているのです。それから、人々の来世での苦労を少しでも軽減させる。これも目的のひとつですね。庭にいる人たちを見ましたか」

「そういえば、両手を広げて軽やかに舞う仕草を見せている人がいましたね」

「その方の来世は蝶なんです」

だからといって、なぜあんなことをするのだろうかと思いました。

「現世で少しでも慣らしておくことが極めて重要なのです。ろくに練習もしないで来世になってごらんなさい。慣れない動作に困り果ててしまいますよ。それだけならまだいい。運が悪ければ天敵にすぐ捕まって命を落としてしまうでしょうね。それがいやなら、練習するしかない。練習で手を抜いた者は、何事も決して成就しないものです。我々は月謝を納めてもらう代わりに、それをできる限りサポートする。そのための研究所なのです」

「月謝がいるんですか」

「もちろんですよ、ボランティアでやっているとでもお思いですか」

とそのとき、横の壁がぱかっと開き、何かが目の前に現れました。向こう側が透けて見えます。水晶のようでした。

「ずいぶん昔風のやり方なんですね。これじゃまるで占いだ」

「昔から残っているということは、それだけ効果があるということです。占いも、精度が上がれば科学です。では、しばらく動かないでくださいね」

彼は、水晶をのぞきこみます。

「では、うえを見て。はい、したを見て。みぎ、ひだり……はい、もう一度うえを見て」

眼科に来たのかと思いましたよ。

「こうやって、来世の姿をいろいろな角度から見ているのです。それらの情報を総合的に判断し、来世を導きだします。しかし、おかしいな……」

何かに納得できないのか、男の人はぶつぶつ言います。

「そんなはずはないんだがなぁ」

独り言は続きます。私は動くことができないので、水晶ごしに彼の不満そうなようすをうかがうことしかできません。時間がたつにつれ、彼の顔がだんだん青ざめていくのが分かりました。

「まさか、この人が……」

「いや、ただの見落としだ……」

「装置が故障しているに違いない……」

彼は、動かないよう私に言いつけてから、装置の周りを入念に点検しはじめました。

それでも、いつまでも首をかしげてばかりです。

「おかしい、異常はない……」

「ということは……大変だ！」

男の人は、目に見えて慌てはじめました。そして、急いでそばにあったスイッチを押しました。すると、研究所内にけたたましいサイレンの音が鳴りはじめたではありませんか。奥のほうでざわめきが起こり、診療室に人がなだれこんできます。その中でも、ゆったりとした動作で最後に入ってきた、所長らしき人物が言いました。

「何事ですか」

男の人は早口になっています。

「ついに見つけました」

「落ち着いて話しなさい。何を見つけたんです。来世がつちのこ、とでも出ましたか」

「所長、冗談を言っている場合じゃありません、例の人物なんです」

「例の……」

所長は考えるそぶりを見せましたが、とつぜん目を瞠《みは》りました。

「まさか」

「これを見てください」

言うが早いか、彼は所長の腕を引っ張って私の前につれてきました。所長は水晶をのぞきこみます。と、とつぜんそれにしがみつき、もう一度はじめから丁寧にのぞきこみました。指のふるえで水晶も小刻みに揺れていました。

「と、とうとう見つけた……とうとう見つけたぞ！　おおい、急いで館内放送を入れてくれ、とうとうやったんだ」

あたりは騒然とした雰囲気に包まれました。私は状況が呑みこめず、立つこともできないまま成り行きを見守っていました。すると、数人が周りを取り囲み、いきなりひれ伏しはじめました。

「ははあ、どうか我々をお導きください」

どこに導けばよいのでしょうか。周りでは、シャカだブッダだとざわつく声が聞こえます。

「あの、いったい私の来世は何なのでしょうか」

祈りはじめた一人を捕まえ、私はおそるおそる尋ねてみました。

「ああ、わたくしなんぞに、ありがたやありがたや」

手をすり合わせぶつぶつ言うばかりで話になりません。

そのとき、ふたたび所長が現れました。私は、祈る気持ちで同じことを尋ねました。

「あなたの水晶には、何も映っていませんでした」

さすがに彼は冷静さを取り戻していましたが、私の頭はますます混乱するばかりです。

「それじゃあ、私は生まれ変わることなくこの世から消え去るんですか……」

「いいえ、そうではありません。あなたは、輪廻《りんね》から解脱《げだつ》するのです」

私は意味がよく理解できず、問い直しました。

「いいですか、来世というものは輪廻、つまり生まれ変わりの輪の中にある者にのみ当てはまります。輪廻の中にあって、初めて人は来世でいろいろな生き物に生まれ変わるのです。それが、あなたの場合には当てはまらない。来世がない、それはつまり、輪廻からの解脱、輪からの脱出を意味するのです。悟りの境地、涅槃《ねはん》に入《い》るというやつですよ」

所長は興奮気味に言いました。

「我々はこうして研究所を開設し、シャカの再来を待っていました。あなたこそ、我々の師事すべき方だ。至らない我々ではありますが、今後はどうかご指導をお願い申し上げたく……」

なるほど、それで大騒ぎをしていたというわけだったのです。

そのときでした。水晶をのぞきこんでいた一人の研究員が、あっと大声をあげました。

「待ってください！　隅のほうに何か映っています!!」

ふたたび、あたりがざわつきはじめます。

「小さいので汚れかと思っていましたが……あ、飛びはじめました!!」

所長は水晶に飛びつきました。

「飛ぶ?……ふむ、これは蚊じゃないか、すると……」

所長は決まり悪そうに私から視線をそらしました。

「なるほど、分かりました。まったく、人騒がせにもほどがありますよ。今後はこのようなことがないように、よく気をつけなさい。私も暇じゃないんだ、あとは任せるよ」

そう言って咳払いをすると、そそくさと診療室をあとにしたのでした。

周りの人はたいそうがっかりした様子でした。気持ちは察するに余りありますよ。なんといったって、シャカだと思っていた人物が、ただの蚊だったんですからね。

彼らの落ちこむ様子を見ていると、私はなんだか申し訳ない気持ちになりました。それで、事態が収まったあと、私は勧められたトレーニングコースを提示されるまま受講することに決めたのでした。

こういう経緯で、いま私がここにいるというわけです。

おや、不安そうな顔をしていますね。大丈夫、研究所もこれに懲《こ》りて、同じ間違いは二度とおかさないと思いますよ。もっとも、あなたこそがシャカの再来とやらかもしれませんがね。

それで、このトマトジュースですがね。ええ、いきなり血を飲むわけにはいきませんから、その前段階としてこれで訓練をしているというわけなんです。まだまだ慣れませんけどね。蚊も大変ですよ。

昇級試験に合格すれば、次はしがみつきコースです。人肌に見立て、まずは木の幹にしがみつく練習です。そのあとは、いよいよ実地訓練です。どうやるのかは、受講してからのお楽しみです。

笑ってはいけませんよ。しっかり、まじめにやらないと。来世で楽をしたければ、いま苦しむことが大切なのです。

高い月謝だって、払っているのですからねえ。

もち肌の女

「最近、お肌の調子がずいぶんいいみたいじゃない」

わたしは化粧室の鏡ごしにユウコに言った。

「ていうか、調子がいいってレベルの話じゃ全然ないよね。こう言っちゃアレだけど、まるで別人みたいなもちもちのお肌になったっていうか」

同僚のユウコは、パタパタと頰をたたいていたパフを止めた。

「やっぱり分かる？」

笑顔になって、言葉を継ぐ。

「そう言ってもらえると、うれしいな」

「何があったの？　お手入れの方法でも変えてみたとか？」

「ふふ、ちょっとね」

意味ありげに微笑むユウコに、わたしは尋ねる。

「なになに、教えてよ。気になるじゃない」

「じつは、フェイシャルエステに行ってきたの」

「ふーん、エステかぁ。それなら、ときどき行ったりするけど……」

わたしはこれまでの投資金額を、ぼんやり頭に浮かべてみる。それなりにお金をかけてきたつもりだけど、今のところ見合った効果は得られていない。これが個人差というものだろうか……。

そんなことを考えていると、ユウコは気になることを言いはじめた。

「でも、それって、よくあるエステのことでしょう？　それが、わたしの行ったのはふつうのものとは一味ちがったとこなの」

「どういうこと？　新手のエステでも流行ってるの？」

「新手といえば、そうかもだけど。ちょっと信じられない方法っていうか、とっても変わったことをやってるところに行ってきて」

「なになに、意味深なこと言ってないで教えてよ」

鏡の中のユウコに向かって、わたしは言った。

「うん、いいよ。じつはわたしも、誰かに話したくてウズウズしてたところだったの」

ユウコはにっこり笑みを浮かべて、鏡ごしに語りはじめた。

あのエステに行ったのは、ついこのあいだ。友達に、素敵なところがあるからって紹介してもらったの。だけどその友達が、困ったことに詳しいことをぜんぜん教えてくれなくて。わたしは何の前情報もないままに、あのお店を訪れた。

外観は今風の、いたってふつうの建物だった。

受付をすませると、ソファーに座って順番を待った。

しばらくすると名前が呼ばれて、わたしは個室に通された。服を施術着に着替えたところで若い女性が入ってきて、頭をぺこりと下げてこう言った。

「はじめまして、本日、施術を担当させていただく者です。よろしくお願いしますね」

会釈を返して、わたしも言った。

「こちらこそ、お願いします」

「さっそくですが」

そう言うと、女性はポケットの中をごそごそやって、何かの袋を取りだした。

「こちらを、どうぞ」

「なんですか、これ？」

「施術の前に召し上がっていただくことになっているものなんです」

袋の中には、お団子のようなものが入ってた。

「これをですか……？」

わたしは首をかしげながらも、促されて口に含んだ。

と、それが舌にのった瞬間だった。

「うわぁぁ、おいしい！」

反射的に、叫び声をあげていた。そのお団子が、尋常じゃないほどおいしかったの。

ところが女性はさも当然といった表情で、

「お口に合って、よかったです。それではどうぞ、こちらに横になっていただけますか？」

あっさり言って、お団子のことを説明してはくれなかった。わたしは何だかもやもやした気持ちになったけど、言われたとおりにベッドに身体を横たえた。

フェイシャルエステの専門店ってことだったから、あたしはさっそく目を閉じて、施術を待った。でも、はじまったのは顔じゃなくて、脚のマッサージだったから、大いに首をかしげたの。

しばらくは、流れに任せて黙ってた。だけどそのうち、不安を抑え切れずにわたしは尋ねた。

「あの、すみません、ここはフェイシャルエステのお店、ですよね……?」

「ええ、そうですよ」

女性は笑顔でうなずいた。

「そのエステというのは、いつはじまるんでしょう……?」

「もう間もなくです」

それから時計に目をやって、

「そろそろ、いい頃合いですね。それではお顔に移りましょう」

そう言うと、ドアのほうへと歩いて行った。

「もうオッケーよ」

女性が外に向かって声をかけたと思った、次の瞬間だった。突然ドアが開いて二人組の男のヒトが入ってきたものだから、びっくりした。

「失礼しまッス！」

「しまッス！」

そのヒトたちは、背筋を伸ばして威勢のいい声で頭を下げた。

「ご紹介します。本日、お顔の施術を担当する者たちです」

わたしはすっかり混乱の渦に巻きこまれた。

なんでかって、もちろん男のヒトが急に入ってきたからっていうのもあった。でも一番は、そのヒトたちの格好に原因があったの。紺色のエプロンに、ねじり鉢巻き。

二人組はエステにぜんぜん似合わない、とってもおかしな格好をしてたわけ。

それから混乱の種は、もうひとつあった。

「あの、それっていったい……」

わたしはたまらず聞いていた。格好が格好なら、男のヒトたちが手にしてたもの。それもまた、エステと関係があるとは到底思えない、すごくおかしな物だったの。

「ご安心ください。これを使って施術をするのが、ここのやり方なんですよ」

「これを、エステにですか……？」

何の冗談かと思ったよ。言ってることが信じられずに、まじまじと女性を見つめたほどだった。

男のヒトたちが持ってたもの。それはなんと、臼《うす》と杵《きね》だったんだから。

「それじゃあ、はじめてちょうだい」

女性は男のヒトたちに声をかけた。

「ウッス！」

二人はそろって返事をすると、臼を設置しだしたの。

それが終わると、ひとりは杵を構えて準備運動でもするかのように素振りをはじめた。そのあいだ、もう片方はアルミのボウルに何かを注ぎ入れていた。

「すみません、あの、これって本当にフェイシャルエステなんですよね……？」

わたしはとても不安になって、念を押すように女性に聞いた。

「もちろんです。ご安心ください、この二人に任せておいていただければ大丈夫ですから。それでは、ちょっと失礼しますね」

そう言うと、女性は唐突にわたしの顔に両手を当てて、頬をむぎゅっとつかんできた。かと思ったら、そのままぐいっと引っ張られて、顔から何かがもぎとられるような感覚があった。

　目を瞠っているわたしに向かって、女性は握ったその手を開いてみせた。のっていたのは、肌色の二つの塊《かたまり》だった。

「それは……？」

「お客さまの頬っぺたです」

　平然と言う女性に対して、わたしは耳を疑った。

「頬っぺた⁉　え、ウ、ウソですよね⁉」

　あまりのことに、悲鳴まじりに叫んでた。

「落ち着いてください。みなさんはじめは驚かれますが、大丈夫です」

　女性はあくまで冷静だった。わたしはとっさに自分の頬をたしかめようとしたけれど、怖くなって途中で手を引っこめた。

「ほんとうですか……？　えっと、その、冗談ですよね……？」

「いいえ、お客さまの頬っぺたです」

　断言されて、頭がクラクラしちゃったなぁ。

「……それじゃあ、それはわたしの頬っぺたなんですか……？」

「ええ、お客さまの頬っぺたです」

同じ会話を繰り返して、どうやら女性は本気で言っているらしいと分かってきた。

わたしはなんとか声をしぼって、おそるおそる尋ねてみた。

「なんであたしの頬っぺたが……？」

「先ほどのお団子がありましたでしょう？　じつはあのお団子を口にすると、あまりのおいしさにこうして頬っぺたが落ちるんですよ」

女性はこともなげにそう言った。

「そんなことって……」

パニック状態のわたしをよそに、女性はその頬っぺたを男のヒトへと手渡した。

「よろしくね」

「ウッス！」

「す、すみません、ちょっと待ってください！」

わたしは泣きたい気持ちになっていた。

「頭を整理させていただけませんか！」

「大丈夫ですから、どうか落ち着いてください」

女性は、子供をあやすような口調でつづける。

「今からお客さまの頬っぺたをお借りして、この者たちがつかせていただくだけですよ」

「つく……？」

呆然としているわたしに向かって、女性は言う。

「ええ、つくんです。お客さまは、もち肌という言葉をご存じですか？」

わたしはおずおず、うなずいた。

「これからこの頬っぺたを、臼と杵でおもちみたいにつくんですよ。そうしてお客さまの頬っぺたを、もち肌に変えてしまおうというわけです」

「ええっ⁉」

にわかには信じられない話だった。

「それがここのやり方なんです。うちのお店が生み出した、ほかのどこでもやっていない画期的な方法ですね」

「そんな、いったいどうやって……」

「気になるようでしたら、施術を横目で見ていてくださっても構いませんよ。そのあいだ、私のほうは身体のマッサージをやらせていただいていますから」

見ないはずがないよねぇ。

男のヒトは、受け取った二つの頬をひとつに合わせて、臼の中へとそっと入れた。もう片方の男のヒトが、それを杵でぐりぐりこねて臼に広げる。自分の頬がこねられてるのを見るなんて、とっても変な気分だった。

「はじめるかッ！」

「ウッス！」

声があがって男のヒトが大きく杵を持ちあげた。

次の刹那。

力いっぱい、杵が臼へと振りおろされる。

ぺちっ

頬をつく音が部屋に響いて、わたしは思わずびくっとなった。痛くないのに、頬に痛みが走ったような気にもなった。

ぺんっ

杵のあがったそのすきに、腰を落とした男のヒトがボウルで手を湿らせて、頰をさっと折り返す。まるで本当のもちつきみたいな光景だった。

ぺちっ

と、杵が振りおろされて、

ぺんっ

と、鈍い音がする。

どっしり構えた二人の身体は、一本の軸がとおったみたいに一瞬たりともぶれなかった。力のかかる瞬間に、腕がぴしりと張りつめる。

ぺちっ　ぺんっ
ぺちっ　ぺんっ

だんだんリズムに乗ってきて、速度は次第にあがっていった。息の合ったコンビのなせる業《わざ》だなぁって、妙に感心したものだった。

「あの液体は何なんですか……？」

しばらくすると、わたしはだんだん慣れてきて、少し気持ちに余裕が出だした。それで、ボウルの中の液体のことを興味本位で聞いてみた。

「自社製のプレミアムな化粧水です。ヒアルロン酸とコラーゲンがたっぷり含まれていますよぉ」

女性は自信ありげに説明する。

ぺちっ　ぺんっ
ぺちっ　ぺんっ

不思議なもので、いったん慣れるといろんな雑念が湧きだした。

頬っぺたの一部を捨ててしまえば、やせたりしないものだろうか。そんなことが頭をよぎって、わたしはすかさず尋ねてみる。

「もちろん、できますよ」

女性は、にこやかに答えてくれる。

「やせ型をご希望の場合には、つく前に頬を除いてあげればいいだけです。逆にこちらでご用意した人工のもち肌を一緒に加えてついてあげれば、ふっくらとした健康的な頬っぺたに仕上げることもできますよ」

「へぇぇ……」

好奇心を刺激されて、なんだか楽しくなってきた。

「それからほかにも」

と、女性はつづける。

「オプションで、食紅を差される方もいらっしゃいます」

「食紅ですか？　何のために……？」

「頬っぺたをピンクに染められるんです。そうすることで、チークいらずのキュートなお肌を手に入れることができるんですよ」

「……すごく素敵なオプションですね！」

わたしの頭は、もはや奇妙なエステより、その方法で手に入れられる理想的なお肌のことでいっぱいだった。

「さあ、つき終わりましたよ」

気がつけば、いつしか音がやんでいた。

男のヒトたちに目をやると、つきたての頬を二人で持ちあげようとしてるところだった。頬からは、火照《ほて》ったようにかすかに湯気が立ちのぼる。

「すぐに終わりますから、じっとしていてくださいね」

二人はこちらに近寄って、わたしの頬をびよんとのばした。それを半分ずつに分けてから、わたしの顔の、元あったところに押しつけた。

最後の仕上げは女性が担当してくれた。少しのあいだ、なじませるように優しく頬を揉まれたあと軽くパンとたたかれて、それが終わりの合図になった。

「これで施術は完了です。お疲れさまでした！」

ゆっくり身体を起こしたわたしに、女性は手鏡を渡してくれた。

「効果のほどを、ぜひご自身の目でたしかめてみてください」

のぞきこんで、息を吞んだ。そこには見ちがえるほどきれいになった、素敵なお肌が映ってたんだから。

わたしは女性の手をとって、お礼の言葉を浮かぶ限りに述べていた。

「これが自分のお肌だなんて、なんだか夢でも見てる気分です……！」

すっぴんだとは思えないほどキメ細かくて、もちもちしてるわたしのお肌……。うっとりしながらそれをつねって、夢じゃないことを何度も何度もたしかめた。

女性にひとしきりお礼を言うと、仕事を終えて立ち去ろうとしてた男のヒトたちにも感謝の言葉を尽くしたよ。

そうしてわたしはニヤニヤお肌を触りながら、弾んだ気持ちでエステをあとにしたというわけ。


「……このお肌には、そういうことがあってさ」

言い終えて、ユウコはふぅと息をはいた。

わたしは強いめまいを覚えていた。

「冗談でしょう……？」

あまりの話に、呆然としている自分がいた。

「そんな話、信じられるわけないじゃない！」

でも一方で、ユウコの話を信じたがっている自分もいた。そんな夢のようなエステがあるのなら、今すぐにでも行ってみたい。一度思いはじめると、うらやましさがどんどん大きく膨らみだす。

ユウコは言った。

「否定したくなる気持ちもよく分かる。でも、それが事実なんだから、世の中おもしろいものだよねぇ」

本音では、一刻も早くお店の場所を聞きだしたくてウズウズしていた。でも、必死な女と思われるのも嫌だったから、わざと曖昧な返事をした。

「ふーん……」

わたしはなんだか手持無沙汰な感じになって、おもむろに化粧直しを再開した。

「まあ、もし興味が出たら、いつでも言ってね。紹介してあげるから」

そう言って、ユウコも同じくパタパタ頬をたたきはじめた。

しばらく沈黙が流れたあとだった。

わたしはふと、あることに気がついて、ユウコのほうへと目をやった。よく考えてみれば、ユウコの行動には不可解なところがあったのだった。

「ねぇユウコ、そういえば、さっきから何でそんなことやってるの？」

「何のこと？」

「そのお化粧だよ」

わたしはズバリ指摘する。

「そんなにお肌がきれいなのに、なんで念入りにお化粧してるの？　すっぴんだって十分なくらいになったんでしょう？　それなのに、どうしてわざわざそんな手間のかかること……」

それが不思議でならなかったのだった。

するとユウコは、ああそのことね、と納得したように口を開いた。

「これはお化粧をしてるわけじゃないの。お肌にとって欠かせない、大事なケアをしてるところで」

わたしが首をかしげていると、ユウコはつづけた。

「ほら、このお肌は正真正銘のもち肌になったって言ったじゃない。その影響で、特別なケアが必要になって」

「ケア……?」

「代償みたいなものかなぁ。きれいなお肌になった代わりに、ある現象が起こるようになっちゃって」

「どういうこと?」

「放っておくと、おもちみたいにお肌がベトベトするようになってさ」

「ええっ⁉」

あまりのことに、叫び声をあげていた。

「だからこうして、ちゃんとお手入れをしてあげてるっていうわけなの。美しさを保つには、どこまでいってもやっぱりケアは大切なのね」

悟ったようなユウコの言葉に、わたしは呆気にとられてしまう。

「それじゃあ、そのお肌につけてるパウダーは……?」

ユウコはパタパタ、頬をたたきながら言う。

「ベタつき防止の片栗粉だよ」

黒の会社

「なんだこの黒いものは」

中堅商社のワンマン社長の染谷は、社員に向かって眉をひそめた。

「おまえ、こんなもの、いったいなんに使ってるんだ」

言われた社員は、デスクの前で頭をかいた。

「いえ、これは私が置いたわけではなくてですね……」

「それじゃあ、いったい誰が置いた」

「それが、その……」


ことの発端は、朝礼での染谷の言葉にあった。

「いいかね、諸君。我が社はいま、大きな転換期を迎えている」

染谷は、ホールに響く声で言った。

「旧来のビジネスモデルが崩れかかり、新たなモデルにシフトすることを迫られているんだ。我々はどうしていくべきか、おれはここ最近、ずっと真剣に考えてきた。そして、ひとつの結論を得るに至ったわけだ」

　社員たちは、黙って話を聞いている。

「これからの時代で大切なのは、いかに変化を恐れず新しいことに挑戦していけるかだ。これなくして、今の時代を生き抜くことなどできやしない。そこで我が社も何か新しいことをはじめようと思っているというわけだが、じつはまだ、何に挑戦すればよいのか、その答えは得られていない。しかしだ、諸君。おれはこう考える。旧体制から抜けだすためには、まずは一度、すべてを更地にすることからはじめることが必要なのではないだろうか、と。そうして我が社は、新しい会社へと変わっていくのだ！」

　染谷の言葉に、社員たちはざわついた。

「まあまあ、落ち着きたまえ。当面のあいだは今の業務をつづけながら、探り探りやっていくつもりだ。ただし。できることには、さっそく取りかかろうと思っている。どういうことかというとだな。諸君、自分のデスクのことをかえりみてくれたまえ。どこもかしこも書類の山、山、山。旧体制のしがらみだらけだ。そんなことでは変革なんてできやしないと、おれはそう考える」

　ワンマン社長は語気を強める。

「そもそもだ。日本人というやつは、書類をためこむ癖があっていいかん。いいかね、諸君。我が社の新しい挑戦への第一歩。それはまず、これまでの書類をすべて破棄して、文字どおりの更地を作ることだ！」

　社員たちはいっせいに声をあげた。

　書類をすべて破棄だって？

　そんなの無理に決まってる！

　大事なものが山ほどあるのに！

　そういう声が、そこかしこから聞こえてきた。

「静粛に」

　染谷は、有無を言わさぬ口調でつづけた。

「これはもう、おれが決めたことなんだ。すみやかに片づけをするように。以上ッ！」

　社員の困惑もなんのその。壇上から降りた染谷は、そのまま颯爽《さっそう》とその場をあとにしたのだった。

「どうだね諸君。やっとるかね」

始業時間になってすぐ、染谷はさっそく現場の様子を見回りに来た。

と、彼はすぐさま、そこに立ちこめる妙な空気をかぎとった。

「なんだ、やけにフロアがさわがしいな。問題でも起こったか？」

「社長、それがですね……」

社員のひとりが近づいてきて、口を開いた。

「ちょっと、おかしなことが起こりまして……」

「おかしなこと？」

「これを見てください」

社員は近くのデスクを指し示す。

それを見て、染谷は思わず眉をひそめた。

「なんだこの黒いものは」

デスクの上にあったもの。それは謎の黒い塊だったのだ。

「おまえ、こんなもの、いったいなんに使ってるんだ」

染谷は、社員に事情を問いただす。

「それが、その……」

困惑気味に、社員は答えた。

「社長に言われてデスクを整理しはじめたんです。すると書類の山から出てきた次第でして……」

「なんだって？　こんなものが書類の中に埋もれていたとでもいうわけか？」

「はい、それも、私のデスクだけじゃあないんです。見てください」

社員の視線につられるように、染谷はフロアを見渡した。なるほどたしかに、どのデスクにも黒いものが鎮座しているのが目に入った。

「どこのどいつだ、こんなイタズラをしたやつは……」

まだ見ぬ犯人に、ふつふつと怒りがこみあげる。

と、なんとなくその黒いものに触れてみた、そのときだった。

染谷は、カッと目を見開いた。

「ちょっと待て、これはもしや……」

そう言うと、鼻を近づけ匂いをかいだり、丹念に触りまわったり。なにかをたしかめるような仕草をみせた。

そして、いろいろやってみたあとで、大きな声でこう言った。

「おいおい、これは石炭じゃないか！」

「なんですって？」

社員は素っ《す》頓狂《とんきょう》な声をあげた。

「石炭ですって？　この黒い塊が？」

「間違いない。石炭だよ、きみ」

「はあ……」

「おれは若いころにそういう仕事をやっていたから分かるんだ」

染谷は、確信を持った口調で言う。

あまりに突拍子もない社長の言葉に、社員は戸惑うばかりだった。

「なぜ石炭などが書類の中から……」

社員のことは無視をして、染谷はひとりでぶつぶつ呟いた。

「ふむふむ、なるほど、ふむふむ」

なにやら考えはじめた社長の周りで、社員たちは不安そうに見守った。

やがて染谷は、ニヤリとした。

「そういうことか」

「なにが、そういうこと、なのでしょう……」

ためらいがちに、ひとりが尋ねる。

「そういうこととは、そういうことだ」

「はあ……」

「その様子だと、まったく理解してないようだな。きみは、石炭がなにからできるか知らないのかね？」

「……すみません」

「商社にいながら、呆れたものだ。石炭はだな、植物からできるものなんだ。つまりは、そういうことだ」

「……どういうことでしょう」

「まだ分からないか。にぶいやつだな。書類というのは、もとは植物ではないか。その書類たちが積み重なって、こうして石炭に変わったというわけだ」

社員たちは、どよめいた。

書類の山が石炭に？

社長はジョークを言っているのか？

「あの、社長……」

おずおずと、若手社員が挙手をする。

「お言葉ですが、ひとつ気になることが……」

「なんだね、きみ」

「あの、その、ただの書類が石炭などに変わるものなのでしょうか……。いくら書類が植物由来だとはいえ、石炭ができるには地下深くの環境と同じ、高い温度と圧力が必要なのではと思うのですが……」

そのとたん、染谷は表情を豹変《ひょうへん》させて怒声をあげた。

「ばかやろう！　ここをどこだと思ってる！」

とつぜんの雷に、若手社員はひぃと肩をすぼめて目をつむる。

「そんなことは、考えてみれば分かるだろう。ここは過酷な現場なんだ。そう、仕事への凄《すさ》まじい熱気と、猛烈なプレッシャーに満たされたな。これすなわち、高温高圧条件に、ほかならないではないか！」

「ははあ……」

そういうことかと、社員たちは目から鱗《うろこ》の思いだった。

それで書類が、石炭に……。

社長の最初の発言は、ここまで見通してのことだったのか。社員たちの尊敬を含んだ眼差《まなざ》しが、染谷へと集中した。

「ようやく理解ができたようだな。まあ、分かったのなら、それでいい」

染谷は、ひとりで大きくうなずいた。

「それで社長、この石炭はどうしましょう……」

少しのあいだ考えて、染谷は言った。

「そうだな、これの処遇は明日までにおれが考えておく。今日のところは通常業務に戻ってよし！」

そう言うと、社員たちを自分のデスクに戻らせた。

「これは楽しみなことになってきたぞ……」

踵を返すと、染谷は呟きながら社長室へと帰っていった。

翌日、出社してきた染谷を見て、一同はきょとんとしてしまう。

「社長、それは……」

染谷が手に持っていたもの。それはなんと、ツルハシだった。

「そんなもの、いったい何に……あっ、まさか！」

「そのまさかだよ。これで石炭を採掘することに決めたんだ」

「採掘ですって⁉」

「昨日のうちに、この石炭を学者に調べてもらってな。するとこれらは、おそろしくエネルギー効率が高いものであることが判明した」

満足そうな染谷に、ひとりの社員が進みでた。

「それはどういうことでしょうか……？　石炭といえば効率のよくない資源だと、何かで読んだことがありますが……」

「ははは、きみ、常識にとらわれているうちは半人前だぞ。これはな、従来の石炭とはものがちがう。長いあいだ燃えつづけ、高エネルギーが手に入る代物なんだ」

「本当ですか……？　ですがなぜ、そんなことに……」

「おそらくは、石炭の原料が深く関わっているのだろう。我々が作った書類の内容。その密度が濃かったために、こうなったのではと考えている。まあ、そんなことはどうだっていい。問題は、これをどうするかということだ。おれは一晩考えた。そして、この素晴らしき資源を採掘することに決めたのだ！」

そう言うと、染谷はパチンと指を鳴らした。

「入ってきたまえ」

扉が開き、秘書の女性が台車を押して入ってきた。

「全員分のツルハシを用意した。あとで各自、取りにくるように」

「我々もやるのですか？」

「当たり前だろう。だがもちろん、スーツでやれとは言わない。おい、入ってくれ」

今度は会社の専務たちが、ぞろぞろフロアに入ってきた。彼らの手から、ヘルメットと作業着が配られる。

「さらにはだ」

次に入ってきたのは、つなぎ姿の見知らぬ男たちだった。

「ご依頼のものをお持ちしました」

男たちが持ってきたもの、それは赤茶けた鉄のレールだった。

みるみるうちに、それがフロアに敷かれていく。

作業が終わると、レールの上にトロッコがのせられた。

フロアの景色は、またたく間にすっかり様変わりしてしまった。

「ようし、これで準備は終わりだ。さて諸君、それではさっそく採掘をはじめようではないか」

ここに来て、中年社員がおそるおそる口を開いた。

「あの社長、通常業務はどうすれば……？」

染谷は、目を輝かせて言い放つ。

「そんなものはどうでもいい！　今日から我が社は、石炭を売る会社へとシフトをするんだ！」

「ええっ⁉」

一時的な作業とばかり思っていた社員たちは、度肝を抜かれた。

「そんなむちゃな……」

「つべこべ言わず、さっさと働け！　これは業務命令だ。もともとうちは商社なんだ。

商社が採掘に参入して、何がおかしい」

新しいことに挑戦すると聞いてはいたが、まさかこんな急な話になるなんて、誰も予想をしていなかった。社員たちは強いめまいに襲われた。

「社長、ひとつだけ不安があるのですが……」

正直そうな若手社員が手をあげた。

「なんだね、きみ」

「石炭を掘る会社にシフトしたとして、です。今ある資源を採り尽くしたら、それで会社は終わってしまうのではないでしょうか」

染谷は一切動じず、すぐに答える。

「きみはまだ、頭を使うということを覚えていないようだな」

小言をまじえて染谷は言う。

「ちょっと考えれば、こういう疑問が頭に浮かんできやしないか。石炭が出るのは、果たして我が社だけなのだろうか、と」

「ということは、まさか……」

「おそらくこれが出るのは、うちだけではないだろう。おれはそうにらんでいる。同じような条件を満たす会社は、ほかにもたくさんあるだろうからな。そこでだ。いち早く我々が採掘ノウハウを確立し、それをよその会社に展開するというわけだ。つまりはスキルを売って利益を生むというビジネスモデルにシフトをする！」

「ですが、相手の会社がそう簡単に採掘させてくれるでしょうか……」

「だから先に交渉して、採掘権を押さえておくんだ。そうすれば、利益を折半できるようになるだろう」

「ははあ……」

社員たちは、社長のビジョンに恐れ入った。そして自分たちの遥か先を行く社長のことを、心底、頼もしく思った。

「さあ、理屈はもういいだろう。理解したなら、すぐに採掘に取りかかるぞ。各自、道具を持ちたまえ！」

こうして染谷の指揮のもと、社員総出で石炭の採掘が開始された。

染谷は社員たちを、三つの役割に割り振った。

ツルハシで、石炭を掘りだす者。

その石炭を、トロッコにのせて運びだす者。

そしてそれを売りこむために、関連会社を奔走する者。

各自が役割に従って、連携しながら作業は進められていく。ビルの各フロアから、次々と石炭が運びだされていった。

石炭はデスク周りにとどまらず、倉庫や書庫にも眠っていた。どこも重機が入れぬ場所なので、すべては人手で作業する。社員たちは、顔を真っ黒にしながら必死になってそれに励んだ。

染谷は総監督を務めながら、潜在的な埋蔵量を把握すべく他社の調査にも乗りだした。

調査をはじめて、染谷は驚くことになる。

出るわ出るわ。日本の会社特有なのかどうなのか、どこも書類をためこむ癖があるようで、多くの会社で石炭の存在が確認された。

染谷は、社員の中から選抜チームを組みあげる。

「ここに集まった諸君を、出張部隊に任命する」

社員を前に激励する。

「権利関係は交渉済みだ。思う存分、掘ってきてくれ！」

「はいッ！」

出張部隊は方々へと出かけて行って、成果を残した。

採掘実績が積み重なると、先方からの問い合わせの数も増えてくる。

「順調、順調。すべてはシナリオどおりだな」

染谷は、社長室で笑みを浮かべる。

しばらくすると染谷のところの真似をして、採掘に参入してくる会社が現れた。

しかし、染谷たちはすでに他を寄せつけないほどのスキルと信頼を築いている。新規の会社は、てんで相手にならなかった。

「ふむふむ、なるほど」

ある日の経営会議の最中。染谷は得意先のリストを眺めながら呟いた。

「社長、どうかされましたか？」

専務が、社長に尋ねてみる。

「いやな、おもしろいことが分かってな。石炭の埋蔵量が多い会社には、どうやら傾向があるらしい」

「傾向ですか」

「まあ、予想の範囲内ではあったがな。過酷な労働環境と噂される会社ほど、埋蔵量が多いようだ。尋常ではない熱気とプレッシャーゆえのことだろう」

「なるほど、俗にいう、ブラック企業というやつですね」

「言い得て妙だな。石炭は黒いダイヤと呼ばれているが、まさにその名にふさわしい」

わっはっは、と、哄笑《こうしょう》する。

染谷は、啓発系のビジネス番組をチェックするのを日課とした。出演している社長の柔和な笑み。その奥にひそむ黒い影を見つけるや、すぐさま営業の電話をかけさせた。

そのころになると、日本は一躍、資源大国に躍りでていた。染谷の会社を筆頭に、日本各地の多くの会社から石炭が採掘されるのだ。

「これは、日本人の勤勉さが育んだ財産といえます」

マスコミの取材に、染谷は答える。

「よその国、たとえばそう、イタリアなどでは決してこうはいきますまい」

わっはっは。

一同が、声をそろえてジョークに笑う。

「ちなみにお尋ねしたいのですが、染谷社長は次のビジネス展開を、どういうふうにお考えでしょう」

インタビュアーのひとりが質問した。

染谷は、あいだを空けずに返答する。

「次はもちろん、海外です。日本式ビジネス手法が、たぐいまれなる資源を生みだすことが分かったのですから、このモデルを海外に売りこまないという手はないでしょう」

「最初はイタリアへ、でしょうか」

「あそこは最後にしておきますよ」

笑い声。

「よしよし、今日も滞りなくやっているようだな」

染谷は、社外の現場に足を運んで視察をしていた。

「国内も順調。海外も順調。言うことなしだ」

「すべては社長の先見の明のおかげですよ！」

付添い人の専務が、前のめりになって言う。

「まあ、そう興奮するな」

染谷は、まんざらでもない様子で彼をたしなめる。

「しかし、社長」

と、専務は日ごろから気になっていたことを口にした。

「このごろやたらと汗をおかきになっているようですが、少しお疲れなのではないですか……？」

心配そうな専務に向かい、染谷は野心に満ちた瞳で言う。

「そりゃあ経営者たるもの常にプレッシャーの中にあるわけだから、疲れがないと言えばウソになる。だがそれでも日々、社員の熱気にふれるおかげで自ずと元気が出てくるのだから問題ないさ。それにだな、まだ極秘だが、この汗は次のビジネスにつながるのではと、おれは考えているんだよ」

不可解なことを口にする社長に、専務は妙な顔をする。

「はあ、汗が、ですか……」

「ああ、汗が、だ」

染谷は、額をぬぐう。

「じつは、おれの汗はずいぶんぬるぬるしていてな。これはな、アブラ汗なんだ」

「アブラ汗？」

「無論、世間で言われるものとは似て非なるものだぞ」

「どういうことでしょう……」

「石炭のことを思い出してみればいい。あれは植物からできていると言っただろう？　それに対してだ。植物ではなく動物に由来していると言われている、とあるものが存在する。それは何か」

一拍置いて、専務は悟ったようにはっとなった。

「まさか、それじゃあ、社長のいうアブラとは……」

「ああ、次はそちらの業界に参入しようと思っていてな。長いあいだ高温高圧下に置かれた人間からは、どうやら石油が採れるようになるらしい」

ガラスの心

この事業をはじめたきっかけですか。ほう、ご興味を持たれた。

ええ、ええ、分かりますよ。ずいぶんと風変わりな職業ですからねぇ。

あれは、私がまだ普通のサラリーマンをやっていたとき、はい、まだまだ人生の駆けだしだったころの話です。取引先のトップの方と、マンツーマンでお話をする機会があったんですよ。

何がどう転んだ先のことかは今となっては定かではないのですが、雑談になって相手の方をお褒めしたときのことです。

「あなたは、とても強い心をお持ちのようですね。そのお歳《とし》で、これだけの成功を収められたのですから」

その方は周囲から見ると、とても野心にあふれた方でしたから、そういった言葉が自然と口をついて出てきたのだと思います。

「いいえ、とんでもありませんよ」相手の方はおっしゃいました。「私の心はガラス同然。いつも新しいことに挑戦するときには不安で不安で、どうしようもないくらいですよ」

　私は、意外に思ったのを覚えています。

「その点、うちの女房といったら。女性の心はガラスの心といいますが、あれの心は強化ガラスでできているにちがいない。私のほうがよっぽどガラスのハートにふさわしいですよ。おっと、こんな話、女房に聞かれでもしたら……」

　私たちのあいだには、いい具合に砕けた居心地のよい雰囲気ができあがっていました。

　お忙しい方でしたから、予定していた時間になるとすぐに彼は席を立ちました。私は、その人を見送って、戻ってきたときのことです。私は先ほどまで彼が腰をおろしていたところに、光る何かを見つけたんです。

　それは、両手で包みこめるくらいの大きさのガラスの球体でした。中は空洞で、ほどよい厚みを持っています。当然、これは何だろうという疑問が浮かびました。人工のものとはとても思えないほど完璧な形をしていましたが、かと言って、自然界にそんなものが存在するなんて到底考えられません。

そこまで考え、私は、はっとなったんです。

「こ、これはまさか……」

気を失いそうなほどの強いめまいに襲われましたよ。

「あの人がさっき言った、ガラスの心というやつじゃないだろうか。よく見ると傷だらけだ……」

自分で考えておいて、そんなばかなと即座に否定しました。ですが、実際に口に出して言ってみたことで、それはだんだんと私の中で現実味を帯びていきました。

「これはとんでもないことになったぞ……」

血の気が引いていくのを感じましたよ。

一刻も早く、ご本人に返さねば。私はすぐに外に出て、その方の影を追いました。が、すでにどこかへ行ってしまわれたようで、その姿を見出すことは叶いませんでした。連絡先の書かれた名刺を探しましたが、そんなときに限ってどこにいったのやら分からない。その方の会社の総合受付に電話をしようかとも思いましたが、いくら取引のある会社だからと言って、トップに簡単につないでもらえるとも思えません。ましてや、伝言などはうやむやにされてしまうだけでしょう。

悩んだ挙句、私はひとまず、震える手で慎重にガラス玉を布でくるむことにしました。万が一のことがあっては一大事ですからね。もし割れたときに何が起こるのか……想像するだけで恐ろしいじゃありませんか。

私は気が気でない思いでガラス玉を自宅に持ち帰り、新聞紙を詰めた箱にそっとしまいました。何かのときにお会いするまで、大切にしまっておかなければと心に決めました。

いや、ただしまっておくだけではだめかもしれない。そう思い、柔らかい布で磨いたりもしてみました。少しくすんでいたガラスは、磨いているうちにうっとりするほどの透明感を取り戻しました。あの方は、いま心が晴れたような気分になっているのだろうかと想像しました。いやはや、それは余計なお世話でしたでしょうが。

それから日をおかず、幸運にも私は思いがけずその方と再会することになりました。

心が抜けて、おかしなことになってやしないかと内心びくびくしていたものですから、会ってみて何らお変わりない様子を確認すると、ほっとしました。

私は挨拶のあとの第一声で切りだしました。

「ところで、このあいだのガラスの心の話ですが……」

すると、その方は明らかな不快の表情を浮かべられ、おっしゃいます。

「なんですか。一度お会いしたくらいで、慣れ慣れしい。あれは謙遜みたいなものですよ。額面どおりに受け取られても困りますなぁ」

その瞬間、私は自分がとんでもない思い違いをしていたことを悟りました。あんなものがガラスの心であるわけがなかったのだ、ちょっと考えれば分かるはずのことじゃないか、と。恥ずかしさで、消えてしまいたいほどの思いにとらわれました。そこからはもう、お詫びの言葉を列挙した平謝りでした。

しかし、恥ずかしさの反面、課せられた重大な責務からの解放を思い、私の気持ちはずいぶん軽くなっていました。

「なあんだ、そうだったのか」

それならそれで、いったいそのガラス玉は何なのだという話なのですが、そのときはとにかく安堵の気持ちがすべてでした。

そして、それがいけなかったんです。気が抜けたことで、ガラス玉の扱いもずいぶんぞんざいになってしまっていたことを正直に認めます。ええ、ある日、久々に手入れでもしようかとガラス玉を箱から取りだした拍子に、あろうことか、うっかり落として割ってしまったんですよ。

私は宝物を失ってしまったときのような悲しみに包まれました。ですが、言うなればそれだけのことでした。もともと苦心して手に入れたものでもないのですし、正体もよく分からない妙なものだったので、数日もするとそんなことはすっかり頭の中から消え去ってしまったのでした。

さて、それからしばらくたってからのことです。

別の取引先の方とお話ししている最中に「あいつはもうだめだ」ということを聞かされることになったんです。あいつ、というのは、先日のガラスの心の人物のことだったので、その瞬間、何となく嫌な予感はしていました。そして、よくよく話を聞いてみますと、その予感は的中してしまいます。あの方は廃人のようになってしまったというのが、その人からの情報でした。私には、その明らかな心当たりがありましたから動揺を隠せませんでした。

無我夢中で、どうにかあの方の住所を調べ上げましたよ。汗ばむ手でチャイムを押すと、奥さんらしき人が出てきました。

「心が砕けたようにあるとき突然叫び、それ以来こんなです」

そう言って案内された縁側には、例の人物が呆けた眼差しで遠くを見ていました。いったいどこを見ているのだろう。私はぞっとしましたよ。

夫がこんなふうになってしまったというのにさして動じている様子もない奥さんを見て、私はこちらにも恐怖感を抱きました。

「以前は仕事の鬼のようでしたから、これくらいでちょうどいいんですよ。それにまあ、命を落としてしまったわけでもありませんしね」

したたかというか、堂々たるその態度に私はなんだか恐縮し、そそくさと退散したのでした。

別の話をしましょう。これもまたある日のことです。

仕事からの帰り道、私は前を歩いている人から何かがポトリと落ちたことに気がつきました。すぐに駆け寄り声をかけようとした瞬間でした。

そこにあったものを見て、心底ぎょっとしましたよ。なにしろ、以前見たガラス玉にとてもよく似たものが落ちていたのですから。そして私がひるんでいるその間に、前の人はそれに気づかず行ってしまいました。

私は片手の中に収まった、すりガラスのような素材でできた小ぶりのガラス玉を矯《た》めつ眇《すが》めつ眺めました。これもやっぱり、ガラスの心に違いない。そう確信していました。

なるほど、器が小さいとはこのことなのだろうかと、一瞬合点したようになって本筋から逸《そ》れそうになりましたが、はっと我に返ります。これがガラスの心だとしても、私はいったいどうすればいいのかと頭を抱えました。

返すにしても、どこの誰かも分からぬ相手。返却不可能です。まさか交番に届けるわけにもいきません。しかし、見て見ぬふりで放置して誰かが踏みつけることになったりしては、間違いなく新たな被害者が生まれてしまうことになるでしょう。

私は自分の運命を憂えました。そもそもです。どうしてこんな、ひ弱そうなガラスの心の持ち主ばかりに出会うのだろう。これが鋼《はがね》でできたものならば、心置きなくその場に放置できるというのに……。

そこまで考え、私は、いやいや、と思い直します。鋼の心の持ち主は、きっとバイタリティーにあふれた、人に信念を押し付けたがるようなのが多いにちがいありません。そんなのが周囲にあふれかえっている状態というのは断じて困ります。こちらの頭がおかしくなってしまう。

それにです。世間のことを考えてみても、ガラスの心を持つ人が巷《ちまた》に多いからこそ何とかこの程度で収まって、平和な日常が存続されているのでしょう。となると、ガラスの心は歓迎すべきものではないですか。私はそう考えるに至り、ひとりで勝手に深く納得したのでした。

しかし、無防備にこんなにもポンポンとガラスの心を落とされては、危なっかしくて見ているこちらはたまったものではありません。落ちたガラスの心が割れてしまい、日夜、廃人が生みだされつづけているのだろうと考えると、気分も悪くなってきます。

これは誰かが何とかしたほうがよいのではないだろうかと思いました。いや、どうせ誰かがやらねばならないことならば、いっそ自分で行動を起こしたほうがよいのではないだろうか。とうとう私はそう考えるようになり、すぐさまそのための準備に取り掛かりました。一度決めると、心はやる気で熱く燃えあがったものですよ。

とまあ、私がこのガラスの心トータルサポートセンターを設立するに至ったのは、そういうわけなのです。お分かりいただけましたでしょうか。

ええ、もちろん私自身のガラスの心もここにきちんと保管しておりますよ。こうやって保管しておくと、何かの拍子に落としたり、突然のひどい言葉に心が傷ついたりすることもありませんからね。

　当然、預かるだけが当社のサービスではございません。最近はじめたオプションサービスには、傷ついた心をきれいに修復して差し上げるというものもございます。これがありがたいことに、いま大変なご好評をいただいておりまして。ここには奥さんの心ない言葉でめちゃくちゃに傷ついたやわな心が、たくさんやってきますからね。ニーズにうまく合ったということなのでしょう。おや、その表情。あなたもお心当たりがおありでしょうか。

　ええ、ええ、さようでございます。言うまでもなく、ここをご利用になるのはあなたのような男性ばかりですよ。

　なにせ女性の心は強化ガラス、なんですからね。

移ろい

そのとき私が顔を上げたのには、明確な理由はなかった。歩いている最中になんとなく、並び立つビル群の上のほうへ、ふと視線を上げたのだった。

そして私は、大いに首をかしげた。

そこには、都会の無個性な雑居ビルの壁面が並んでいるはずだった。少なくとも、私がいつも前を通る薄汚れたビルの入口。その延長線上にある建物が、空間を占めているはずだった。だが、目に飛びこんできたのはネオンのきらめく歓楽街にあるかのような建物で、一階と、そこから上のミスマッチな様相に、違和感を覚えずにはいられなかった。

私は、自分の記憶を探ってみた。

以前に目をやったときには、全面にふつうの窓が並んでいる、平凡な外観の建物だったはずだ。それなのに、いつの間に変わってしまったのだろうか。毎朝通勤している道なのに、どうして気がつかなかったのだろう。私は、自分の視野の狭さに恥じ入る思いだった。

都会に住んでいると、ビルの上に目をやることなど、ほとんどない。通勤で使う道ならば、なおさらそうだ。いつもただ前を通りすぎるだけで、その上がどうなっているかなんて興味すら湧くことはない。もっとも、もし興味を持ったところで、同じような外観の建物が並んでいるのを目にするだけなのだ……と、そう思っていた。今までは。

思いこみというのは、じつに怖いものだなぁ。そんなことを考えて、私は妙なビルを眺めながらその場をあとにしたのだった。

しかし、数日後、驚くべきことが起こる。

先の経験があってビルのことがどこかに引っかかっていた私は、通勤途中にふと、ふたたび頭上を見上げてみた。するとそこには、先日とはまったくちがった光景が広がっていたのだった。ついこのあいだまではネオンで埋め尽くされた外観だったはずなのに、いま目の前に広がっているのは、漫画喫茶や居酒屋の看板がせり出した建物だったのだ。

この短いあいだに、テナントが入れ替わってしまったのだろうか。最初に私はそう考えた。いや、その可能性を否定はできないが、すべての階がいっぺんに変わってしまうなんてことが、果たしてあるものなのだろうか……。

ビルのてっぺんに目をやると、屋上は丸味を帯びたものだった。以前はたしか、平たい形をしていたはずだ。そういえば、ビルの高さも変わっているような気がする……。

そこに至って、私は奇妙な考えにとらわれた。

信じがたいことではあるが、この立ち並ぶビル群は自ら変化をしているのではないだろうか、と。

もともと建物というものは、建て替えられたりリフォームされたり、時とともに移ろっていくものだ。しかしこの通りにあるビル群は、まるで季節が変わっていくように、自然と姿が変わっていくのではなかろうか……。

その考えの正しさは、すぐに証明されることになる。

ビルは、またしても変化を起こしたのだった。

次に見上げたときには、そこは不動産屋の入ったビルに変わっていた。

数日たって見上げると、今度は西洋館のような建物になっていた。

変化するのは、決まってビルの二階から上だった。入口のある一階部分は、現実との唯一の接点であるかのように変わらぬ姿で佇《たたず》むのだった。

私はだんだん、その不思議な現象に惹かれていくのを感じていた。そしていつしか、ビルを見上げることが、退屈な日常のひそかな楽しみとなっていった。ビルは一定のあいだ同じ姿でありつづけ、しばらくするとちがうものへと移ろっていくのだった。

道端でぼんやりビルを眺める私を見て、おかしそうな目をして通り過ぎる人もいた。私の見上げる先を、同じようにたどって見ている人もいた。しかし彼らには、ビルの変化は見えないようだった。

しばらくたった、ある日のこと。

いつものようにビルを見上げた私は、大きく目を見開いた。そこに広がる光景に、たちまち魅了されてしまったのだ。

並んでいたのは、赤や黄、白、水色などの、鮮やかな建物たちだった。私は、いつか行ったヨーロッパのヨットハーバーを思いだした。

降りそそぐ日差し。眺めるだけで気分の明るくなる、カラフルな建物。軒先に並んだ、カフェの白いタープ。港でひしめき合う、小さなヨット。爽やかな潮風が吹き抜けて、カモメの声が響きわたる――。

建物の中に入ってみたい。私の中で、そんな衝動が起こっていた。それは、ただ観賞するだけで満足していたこれまでとは、まったく異なる感覚だった。

私は空に向かって伸びているレモン色の建物の前に立ち、思い切って中へと足を踏み入れた。

階段をのぼった先に広がっていたのは、目を疑いたくなるような光景だった。

そこには薄汚いビルの通路の面影などはまったくなく、美しいヨーロッパ調の装飾が施された、気品にあふれた空間が広がっていた。私はまるで、本物の異国の建物に迷いこんだかのような錯覚に陥っていた。

通路に並ぶ扉のひとつを勝手に開けて、部屋の中へと入った。上品な家具が置かれてあって、壁には植物をかたどったアールヌーボー調の大きな鏡が掛かっていた。

窓に近づき、なんとなく外を眺める。そこで私は、またもや目を疑った。

二車線の道路が横たわり、反対側には煤《すす》けたビルが立ち並ぶ。そんな光景を頭の中に描いていた。

ところがそこにあったのは、青く輝く海の広がりだったのだ。目の前には白いター

道行く人々をぼんやり眺めているうちに、私はあることに気がついた。どの人の服装も、映画で見るような昔風のものなのだった。それを眺めながら、私はこの不思議な現象へと思いを馳せた。

建物というのは、時代が変わり、人が変わり、次々と新しいものへと変わっていく。そうした中でこのビル群には、世を去っていった様々な建物たちの魂が、時空を超えて現れているのではないだろうか。無個性な都会のビル群は、その媒介になりやすいにちがいない。ここは、失われた建物たちの救いの場所なのだ。

それにしても、と、私は思う。こんなにも魅力的な建物たちが消え去っていくなんて、時の流れはなんと残酷なものなのだろう。

またこんなことも考える。自分もその、失われた景色の中へと入りこめないものだろうか。もしかすると、建物から出ることなく居座りつづけたなら、移りゆくそれらと一緒にあちらの世界に行けるのではないか……。

しかし、それを試す勇気はないのだった。

建物は、時間とともに変わりつづけた。

歴史を感じさせるレンガ塀を目にしたときも、私の胸はときめいた。せり出したランプに積もった雪が、異国情緒を駆りたてる。中に入って窓から外をのぞいてみると馬車がまばらに行き交っていて、シルクハットにロングコートの紳士が杖を片手に通りを急ぐ。暖炉の炎がパチパチ燃えて、世界は静謐《せいひつ》に包まれている。

ずらりと並んだ土蔵に驚いたこともあった。平凡なビルの入口に、白漆喰《しっくい》に瓦屋根の蔵がのっかっている光景は、なんとも不思議なものだった。外では刀をさげた侍たちがゆっくり道を歩いている。

またあるときは、黒光りする金属のような壁がつづいていることもあった。遥か上空まで突き刺さるようにして立つそれは、技術の粋を感じさせた。上にあがると一面が半透明な物質でできていて、見たことのない飛行体が空を飛んでいるのが目に入った。この建物も、遠い未来に現れて、いつしか消えてなくなってしまうものなのだろう。

そして私は、とある建物と出合ってしまう。

はじめそれを目にしたとき、私は正直、がっかりした。いろいろな建物を目にしてきた自分にしてみれば、その団地らしき古い建物はどこにでもある代物で、特別なものなどではまったくなかった。だが、眺めているうちに、何か心に引っかかるものがあることに気がついたのだった。

この感覚は、どこから来るのだろう。そう思って考えを広げていくうちに、私ははっと、あることに思い当たった。

これは、自分が昔住んでいた団地なんじゃないだろうか……。

見れば見るほど、その確信は深まっていった。

このベランダの感じ、窓の数……間違いない。この建物は、小学生のときに住んでいた、あの団地だ。

何もかもが純粋で、見るものすべてが新鮮だった幼少時代。住んでいたのはいっときに過ぎなかったが、思い出は自分の中に深く刻みこまれていた。そういえば、いつかとつぜん懐かしくなって、電車を乗り継ぎ団地を見にひとりで遠出したことがあった。しかし、たどりついてみるとそこは新しい高層マンションへと建て替わっていて、私は強烈な切なさにとらわれたのだった。

二階につづく階段をのぼっていくと、エレベーターが現れた。

私は迷わず、八階を示すボタンを押す。

エレベーターが到着すると通路を歩き、奥から三つ目の扉のところで足を止めた。

中に入ると、そこは紛れもない、自分が暮らしていた家だった。

いろいろな思い出が鮮明によみがえってきた。

子供のころに一緒に遊んだ友達のこと。好きだったおもちゃのこと。両親との他愛もない会話のこと。窓の外からは、団地の子供がはしゃぐ声が聞こえてくる。

もう、退屈な日々には戻りたくない。私の中には、そうささやく自分がいた。できることなら、このまま昔に戻ってしまいたい。それは単なる逃避に過ぎないことだと頭の中で分かっていながら、あふれ出す感情を抑えることはできなかった。

私は、窓際の絨毯《じゅうたん》に座りこんだ。西日が気持ちよく、ごろんと横になる。そして、昔よくしていたように、腕枕をして目を閉じた。

どれくらいの時間が経過したのか。

はっと起きて見渡すと、あたりは夕闇に包まれていた。そばには小型の電車とプラスチックのレールが転がっていた。

どこからか、煮物のにおいが漂ってきた。お母さんがよく作ってくれる、大好きな料理のにおいだった。それだけでうれしくなって、ぼくはすぐに起き上がった。

そのときドアが開く音がして、声が聞こえてくる。お父さんが帰ってきたのだ。

ドアに向かって駆けだすと、そこに家族が集まった。

ごめんなさい、醬油が切れたの。ちょっと買ってきてもらえない？

申し訳なさそうなお母さんの言葉を、お父さんは優しく受け止める。

はは、分かったよ。それじゃあ、おまえも一緒に行くか？

言われたぼくは大きくうなずき、お父さんの手を握りしめながら扉を開ける。

エレベーターをくだっていって、外へと足を踏みだした。

薄暗闇の中、建物のほうを振り返る。自分の家を探しはじめてきょろきょろする。

八階のその部屋には淡い光が灯っている。

そしてぼくは、家の灯《あか》りにほっと気持ちを落ち着かせ、変わらぬ日々がつづくことを、何の疑問も抱くことなく心の底から信じている。

客観死

「あいつは、もう死んでるんじゃないか」

そういう噂が社内に広がりはじめたのは、つい一週間ほど前のこと。

一度声があがってしまうと、社内に噂が広まり切るのにそう時間はかからなかった。みながうすうす、そう思っていたのだ。

「徹夜明けでも、あくびひとつしない」

「いくら飲んでもつぶれない」

「歩き方が妙に軽やかだ」

関係あろうとなかろうと、噂はだんだんエスカレート。広まるにつれて次第に真実味を帯びていった。

「壁をすり抜けているところを見た」

そういうことも、まことしやかに囁かれるようになった。

本人は、自分が死んでいることに気がついているのだろうか。いや、言動を見る限り、ふつうの人と同じだと思いこんでいるようだ。これは、誰かが本人に教えてやったほうがいいのではないか。そのほうが身のためになるのではないか。

こうしてあるとき、ついに上司が呼びだした。内容は簡潔だった。

「きみはどうも死んでいるようだな。客観的に見て、間違いない」

さあ、たまったものではないのが当の本人。とつぜん呼びだされたかと思ったら、この通告。支離滅裂にもほどがある。真顔で言われたものだから、どうしてよいのか対応に困る。

「かんべんしてください。なんの冗談なんですか」

男は、そっと周囲をうかがった。隠しカメラで撮影されているのではないかと思ったからだ。あとで困惑する様子を見て、みんなで笑いものにしようというのだろうか。それとも、不測の事態への対応を見ているとでもいうのだろうか。

「やはり、事実を受け入れられていないようだな」

と、上司。噂の力は、実におそろしい。

「きみは死んでいるのだよ」

「私が？　死んでいる？　まさか」

「これは重症だ」

上司は溜息をつき、席を立つ。窓の外を眺めながら、彼は言う。

「分かるまで、何度でも言おう。いいかい、きみは死んでいるのだ。いつからかは知らんがね」

男は、自分の手を眺める。足を見る。頬をつねる。おかしなところはないようだが。

「まあ、すぐに事実を受け入れろとは言わない。少し時間をあげよう。もう一度、自分自身をよく振りかえってみることだよ」

反論の余地もなく、そういって一方的に解放されたのだった。

男はなかば放心状態。軽いめまいを感じながらも、なんとか席まで戻ってくる。しかし、仕事は手につくはずもなく、上司の言葉が頭の中でこだまする。

「おれが死んでいるだと……」

冗談にも聞こえなければ、自分を試している様子も見受けられなかった。

男の中で、怒りにも似た気持ちが湧き起こる。いくら上司といえど、失礼じゃないか。何の権利があって、人にそんなことを言うのだろう。

しかし、ああもはっきり言われてしまうと、なんとなく不安になる。

「なあ、おれは死んでいるんだろうか」

隣の席の部下を捕まえて、軽い気持ちで聞いてみた。

「ええ、おそらくは」

予期せぬ返答に、卒倒するかと思った。

「なんだって!?」

「課長は、もうお亡くなりになっていると思います」

こいつ。

男は、胸ぐらにつかみかかりそうになる気持ちを懸命に抑えた。

「……ほう、何を根拠に」

「いくらでも挙げられるじゃないですか。むしろ、生きていると言い切れる理由を探すほうが難しい」

首を締めあげ、その死んでいる理由とやらを挙げさせようかとも思った。だが、男は自分に言い聞かせ、なんとかこらえた。こいつも、ちょっとおかしいのかもしれない。そうにちがいない。

「そうか、仕事のじゃまをして悪かったな」

そう言って、何気なさを装うと席を立った。

男はこっそり、ほかの何人かを捕まえて同じことを問いただしてみた。まあ、否定してくれる人物もすぐに現れるだろう。中には、失礼だといって一緒になって憤慨してくれる者もいるはずだ。そんな程度に考えていた。

だが、誰に聞こうが、あろうことか結果はすべて同じだった。

あっけらかんと言い放つ者、しつこく迫ると遠慮がちに口を開く者、知らぬ存ぜぬを通そうとする者。いろいろいたが、ぜんぶに共通して男が死んでいるということに確信を持っているようだった。

なんということだ。こうなると、冗談の域をこえている。みんなでおれの存在を無視して、会社を辞めさせようと企んでいるのだろうか。しかし、男にはそのようなことをされる心当たりは皆無だった。それに、男が死んでいると主張するほかには、彼らの態度は普段と変わらなかった。仕事についての意見を求められたり、休憩時間に軽口を交わす、気持ちのいい関係。それじゃあいったい、何が起こっているというのだろう。

とつぜん、客観死、という言葉が浮かんできた。自分では生きていると思っているのに、客観的な事実としては死んでいる。死んだことに、当の本人だけが気がついていない。そういうことが起こっているのかもしれない……。

物語の設定としては使い古されたものだが、そんなことが果たして実際に起こりうるのだろうか。しかし、周りの意見を総合すると、まさしくそれが起こっているというのだ。

これはいよいよ、自分は死んでいるのかもしれない……。男はだんだん、そういう考えにとらわれはじめた。ばかげた考えだとは承知しつつも、うっすら意識しはじめてしまった。いったん考えだすと、思考はぐんぐん加速度を増す。

男は、妻に尋ねてみる。

「なあ、おれは死んでいるんだろうか」

「ばかねぇ」

妻は一笑に付し、家事に戻ってしまった。

これは、どちらの意味にとればいいのだろう。冗談もたいがいにしておけということなのか。それとも、そんな当たり前のことを今さら聞くなということなのか。後者ならば、おれはどうすればいいのだろう……。そう考えると、だんだん真意を問うのが恐ろしくなってきて、とうとう妻にはそれ以上聞けずじまいになってしまった。夕食時にテレビをつけると科学番組をやっていて、白衣の人が活躍していた。死装束を連想し、嫌な気分になる。

その日から、男の中で絶えず疑念がつきまとうようになった。おれは、生きているのか、死んでいるのか……。自分の生死を疑いながら過ごす日々がつづいていった。

周囲の反応は、死を打ち明けられてからも変わりなかった。それが、いっそう男を苦しめた。彼らは勝手に、おれの死を当然のものとして受け入れている。気にくわないこと、はなはだしい。だが、事実を受け入れられていないのは、本当はおれのほうかもしれないのだ。正解は、どっちなんだ。

光に手をかざしてみる。なんとなく透けて見えるような気がする。やはり、自分は死んでいるのだろうか。いやいや、そんなの気のせいだ。

仕事でも注意散漫になり、ミスも増えた。こんなミスをやらかすのも、自分が死んでいるからなのでは……。考えだすと、動かしがたい状況証拠がそろっているような気がしてくる。

会議でも人の話が入ってこないことが増えた。不意に質問されて、答えに詰まることが多くなった。そんなときは、周囲からの憐れみのこもった視線を感じる。この人は、まだ自分の死を受け入れられていないのか、かわいそうに。被害妄想だろうか。

「なあ、もし本当に死んでいるとして、おれはどうなるんだろうか」

尋ねると、部下は答える。

「それならそれで、いいんです。課長がはっきりその事実をお認めになってくれさえすれば。それでまた、普通の日常が戻ってきます。

課長、何をそんなに心配されているんです？　課長ほど優秀な方は、そうそういらっしゃらないのですから、死んでいるからといって対応が変わるなんてことはありえないですよ」

言ってることが、むちゃくちゃだ。そんなことですまされちゃあ、こちらの苦悩が報われないぜ。

日がたつにつれて、男は自分の死を少しずつ本気で考えるようになっていった。

男はいったん、死を受け入れた場合のことを考えてみようと思った。仮に死んでいるとして、息を吹き返すための方法はあるのだろうか。

そうだ。毒薬を飲んでみるのはどうだろう。幽霊が毒を飲むと、マイナス×マイナス＝プラスの具合で、現世側に戻ってこられるのではないだろうか。

男は毒薬の調合方法を調べ、ひそかに材料を入手した。できあがったそれを恍惚の表情で眺めている自分に気がついて、はっとする。まだ、自分が死んでいると決まったわけではないのだ。これを呷《あお》って本当に死んでしまったのでは取り返しがつかない。かろうじて、思いとどまる。

また彼は、自分が納まるはずの墓の前に立ち、考えてみる。もしかして、自分はすでにこの中に納まっているんじゃあ……。

いや、さすがにそれはないようだ。それならば、おれの死体はどこにあるのか。そうだ、何かの事件に巻き込まれて、山奥なんかに連れ去られた可能性がある。おれは、そこに捨てられているのかもしれない。

妻に尋ねる。

「最近、おれが連絡なしで家を空けたことはなかったかい」

「まだ考えてるの？　ばかねぇ」

だめだ。埒《らち》があかない。

こうなると、自分で調べるしか方法はない。ふむ、おれは出張先で事件に巻き込まれたのかもしれないな。

男は過去の出張日をあらい出し、それと重なる日の新聞を隅から隅まで読みかえしてみた。また、出張先の地方新聞を取り寄せて、小さな記事まで目を通してみた。だが、これといった収穫を得ることはできなかった。

男はお手上げ状態だった。いったいおれは、どうすればいいんだろう……。

結論を出せないまま日々だけが流れた。

そして、とうとう周囲がしびれを切らすときがやってきた。

その日、男は会議にのぞんでいた。といって、誰の言葉も耳に入らず、ただ席に座っているだけのようなありさま。以前の仕事ができる彼の面影は、今やどこにも見当たらない。

男がぼんやり資料を眺めていた、そのときだった。急に色調の異なる映像がスクリーンに映しだされ、大きな文字が現れた。男は思わずそちらを向いた。

そこには議題と称し、男の死についてと書かれてあった。

「きみ、そろそろ結論を出したまえよ」

上司が苛立ちを抑えた声で言った。一同がうなずき、そこかしこから拍手が起こる。

「きみは、死を受け入れられるのか、られないのか。はっきりしたまえ。まだ自分の考えにこだわって事実を認められないようなら、こちらもきみの処遇を考えなければならない」

上司が席を立ってこちらに近づいてきた。それにつづき、みなが席を立ち、押し迫ってくる。

部屋の隅に追い詰められ、とうとう男は覚悟を決めた。

彼はふところに手を入れて、毒薬の入った瓶《びん》を取りだした。そしてそれを一気に呷った。その瞬間、男はその場に倒れこんだ。あろうことか、本当に息絶えてしまったのだった。男はやはり、生身の人間だったのだ。

あたりは騒然とした空気につつまれた。

いったい何が起こったんだ。男が倒れた？　なぜ？　変なものを飲んだようだが、死んでいるはずの人間に、これ以上、何が起こるというのか……。

急な展開に理解が追いつかず、呆然と立ち尽くす者もいた。

と、次の瞬間。みなの見ている前でさらに驚くべきことが起こった。

半透明になった男が、そばの死体からむくっと立ち上がったのだ。

彼は挑むような調子でこう言った。

「さあ、これでようやく自他ともに認める、正真正銘の死人になれたわけだ。ほら、文句がある人は言ってみたらどうです」

それから、静まり返った周囲を満足げに見渡して、

「やっと、平穏な日常を取り戻せたわけだ。それじゃあ会議をつづけましょう。これからは、以前のように思うぞんぶん仕事に打ち込めるというものですよ」

放浪の人生

思い返せば、よくあんな生活を送っていたものだと、外の景色を眺めながらぼんやり考える。

あのころは、何もかもが窮屈で退屈だったなぁ。

人所狭しと並べられた簡素なビル群。窓さえもない、空調設備の行き届いた部屋。人口増加で激減するスペースを政府が無駄なく平等に配分してくれる一方で、自由の許されない、まるで養殖でもされているかのような環境。民間の素晴らしい都市計画も、管理を重んじる大きな力で揉み消されたと聞いた。風は吹く場所を失って、上空で虚しくこだまする。

地方も都会も、あったものじゃなかった。どこに行こうが、同じ光景。少しでも人間のためのスペースを得るために、樹木はビルの屋上に移植され、政府の統制下で厳密に管理されている。地域格差の消失という言葉がこういった皮肉な形で実現されるとは、ひと昔前の人間は誰も予想していなかっただろうな。

仕事はすべて在宅勤務。はじめのころは、誰もが手放しで喜んだ。通勤という苦役からの解放は、人間が人間らしく生きるための大きな第一歩である。中には、そう大げさに褒めたたえる者までいた。

しかし、現実はそう甘いものではなかった。同じ経路をたどって通勤し、いつもと変わらぬ経路で帰ってくる。そんな単純で無意味に思えた作業でさえ懐かしく感じられるほど、通勤の消失によって日常からは刺激が急に遠のいた。食事さえ自動で自宅に供給される世の中だから、意識しないと数週間も外出しないことなどざらにあった。もっとも、外に出ると言ったって、行き場所なんてものはほとんど存在しなかったのだが。

世の退屈もストレスだったが、おれの中で一番腹立たしかったのは、はじめに不平を言うだけ言っておいて、信念なくすぐに退屈な環境に適応してしまったやつらだった。ほとんどの人間が、この種類に属していたと言ってもいい。そんな状況だったから、いつまでも不満をくすぶらせているおれのような人間は、次第に煙たがられるようになっていった。それでも、政府にすっかり飼いならされて、それに甘んじるなんて選択肢はおれにとっては存在しえなかった。

「これじゃあ、まるで生きた地縛霊だ。もっとこう、ロマンにあふれた放浪人生を歩みたいよ」

あのころは、よく我慢していたものだと思う。

だがそんなある日、おれは秘密の酒場でおもしろい話を耳にすることになったのだった。そこはおれが人間らしさを感じられる唯一の場所で、ビルの一室をひそかに改装して非公式に営業している酒場だった。行けば自由を求める者たちで賑わいを見せていて、それぞれ不満をこぼしたり、手に入らない理想の生活のことを口にしながら酒を酌み交わす。

「つまらない世の中だよ。おれはもっと、広い世界で自由に暮らしたいね」

いつものように誰に言うともなく、そうつぶやいたときだった。

「本気でそう思われているのなら、いいお話がありますよ」

隣に居たのは、見慣れない若い男だった。

おれが話を促すと、男は声をひそめてこう言った。

「新しい住居が開発されたのをご存じですか」

おれはかぶりを振る。

「クラゲをモチーフにしたもので、海の中を漂いながら生活できる代物なんですよ」

なるほど、空も高層ビルで埋め尽くされてしまったこの時代。地球上で唯一残ったスペースと言えば、海くらいのものだろう。

「海は地表の七割を占めるほどですが、これまでは地上の開発に重きが置かれて手つかずのまま放っておかれました。しかしここにきて、海を活用しようじゃないかという構想が活発化してきましてね、とある企業がひそかに先陣を切って動きはじめたんです。そして実際に、新しい住居が完成した。それが、海を漂うクラゲ住居です。実は、私は秘密のルートでいち早くこれを入手しましてね。世の中の現状に不満を抱えている人に提供させていただいているんです。そのうち一般にも広く告知されるでしょうが、それまで待つのもつまらないでしょう？　まさにあなたに打ってつけではないかと思いますが、いかがでしょうか」

そんなうまい話はほかにない。おれは、迷うことなくその場で決断し、話に乗ることにしたのだった。

翌日おれは荷物をまとめ、さっそく指定の港を訪れた。

そこにあったのは、ちょうど1LDKほどのスペースを持った緑色の球体状の住居で、それは海にぷかぷか浮いていた。男は言った。

「空気については、ご安心ください。外側には葉緑素からつくられた特殊な塗料が塗ってあって、酸素を自給できる仕組みになっています。念のため、緊急時に備えて海中から酸素を取り入れられるフィルターも備えてあります。もちろんこれまでと変わらず、在宅勤務ということで仕事も問題ありません。それから、スイッチひとつで海中に潜ることもできます。ただし、行き先を自分で思いどおりに動かせるわけではありませんので、この点だけはご承知おきください」

「本当にクラゲみたいな生活だな。まあ、いい。放浪の人生に制御装置なんて必要ないさ」

かくして、おれの新たな生活が始まったのだった。今では海流に身を任せ、その赴くままに海中をたゆたっているというわけ。

ひとりで過ごす時間は、仕事をするか、読書や映画鑑賞など、高尚な趣味にふける。

もちろん以前の生活でも、やっていること自体は似たようなものだ。しかし、以前は何をやってもロマンのない現実に虚しさや苛立ちが募ったものだったが、今は気持ちがまったく違う。何しろ自由が手に入り、窓の外には雄大な海が広がっていて、スイッチひとつで海中に潜っていろいろな生き物と出会うこともできるのだから。

広い海を漂っているといっても、ごくたまに人と出くわすこともある。おれと同じように、海を漂う者たちだ。住居同士はくっつくようにできているので、その気になれば人と一緒に暮らせる仕様になっている。家族で暮らすことも、恋人同士で暮らすこともできるのだった。これは、群体生物であるクダクラゲというクラゲの研究から生まれた技術らしい。もっともまあ、もともとが自由を求める人間の集まりなので、共同体をつくることはなかなかないのだが。

まさに、絵に描いたような理想の生活だった。おれはときどき、そのうち一般にも開放されてしまったら、いつか海が人でごったがえす日がくるかもしれないなぁと考える。しかしまあ、そのときはそのときで、今度は逆に過疎化が進んだ陸地に戻って放浪すればいいだけのことだなと思ったりする。

長い放浪生活のうちには、住居ごと浜辺に打ち上げられることもある。そんなときは、久しぶりに味わう大地の感触を存分に楽しむことに決めている。

そして何より楽しみなのが、酒場に足を運ぶこと。放浪を好む者ならば、誰もが好む場所だろう。おもしろいもので、かつて通っていた秘密の酒場のような場所はどこの国、どこの地域にもあるらしく、だいたいの場合は上陸して情報を集めるうちにたどりつくことができる。そこで、一期一会を楽しむという具合。かつては、現状への不満を募らせるだけで終わっていたかもしれないが、今は違う。おれたちは、放浪生活を語り合い、盛り上がる。

酒場では、昔どこかで出会った人と再び顔を合わせることもある。そういうときは、運命のいたずらに神聖な気持ちになり、祝杯をあげる。ひとりで当てもなく旅をすることが予期せぬ出会いを生み、かえってたくさんの人と絆を深め合うことになるのだから、人生とはおもしろいものだ。かつての、すべてが統制された生活ではありえなかったことだろう。

やがておれは、再会を約束する握手を交わし、出会った人たちと別れてまた放浪の旅に出る。

時おり、数日もたたないうちにまたもや浜辺に打ち上げられて、外に出てみて声をあげることもある。そこは、つい先日離れたばかりの土地なのだ。すべては波まかせの生活だから、そういうこともたまにはある。

ひとり苦笑を浮かべていると突然声をかけられるのも、誰もが一度は経験するシーン。

「またお会いしましたね」

声のほうへと目をやると、見知った顔。

「あなたは」

ちょうど先日別れたばかりの人物で、同じ海流に乗って同じように打ち上げられたのだ。

おれたちは苦笑を浮かべ合い、とりあえず、再会を祝って酒場にでも行こうじゃないかという話になる。こういう偶然が、旅をまたおもしろくさせる。想像のつかない人生とは、実におもしろいものだ。このクラゲ住居、いったい誰が開発したのかは知らないが、おれはつくづく感謝をしている。

だがときどき、窓の外をぼんやり眺めていると、こんな空想が頭に浮かぶこともある。

この生活は、じつはすべてが政府によって仕組まれたものだったとしたら、どうだろう。自我が強すぎて言うことを聞かない面倒な人間たちを放浪と称して海に送りこみ、海流をコントロールして完全なる管理下に置く。本人たちは呑気なもので、出会う人間たちさえも管理されているということに気づきもしないで、偽の自由を謳歌する。なるほど、そうだとすれば、酒場で出会った若い男は政府の回し者だったというわけか。あの酒場だって、不穏なやつらのストレス発散を目的とした政府の施設じゃないとも限らないぞ……。考えはじめると、なんだか恐ろしくなってくる。

しかし、酒を酌み交わしたり、ひとりで高尚な思索にふけっているうちに、そんなことはいつもすぐに忘れてしまう。

だって、そうだろ。まさか、そんなことがあるわけないじゃないか。

発電女子

女性が支える会社です。

そんなキャッチコピーに惹かれてワクワクしながら入社を決めた和香奈は、配属直後に仕事の厳しさを思い知らされることになる。

そこはたしかに女性社員の比率が高く、男社会のルールとは無縁の会社だった。それでいて、女同士のネチネチした関係なども存在せず、そういう意味では期待どおりの恵まれた環境だといえた。

しかし、会社を女性が支えているということは、当然ながら、それだけ女性が働いているということだ。ただでさえ右も左も分からない新人なのに、和香奈のもとにはいろんな仕事が次から次へと降ってくる。連日連夜、タクシー帰りがつづく日々。溺れかけて何とか浮輪にしがみつくような、そんな気分で休みを迎えることが常だった。

そんな中でもなんとか仕事に食らいついていけたのは、ひとえに素敵な先輩たちのおかげだと和香奈は心底思っていた。どんなに忙しくても枯れることなく、むしろ内から輝きを放つ女性陣。そのあふれんばかりのパワーにふれていると、自然と元気が湧いてくるのだった。

　数多くの先輩たちの中でも、とりわけ和香奈の支えになってくれたのは入社十三年目の涼子さん。涼子さんは和香奈のトレーナーとして、慌ただしい業務の合間をぬって厳しくも優しい指導をしてくれた。会社のエースでもある涼子さんは、女性陣の憧れの的だった。そんなヒトの下につけてもらえたということは、それだけ和香奈が会社に期待されているということだ。その事実がまた、彼女を奮起させるのだった。

「あれ、涼子さん」

　ある午後のことだった。

　同僚とのランチから帰ってきた和香奈は、前を歩くその人に向かって声をかけた。

「それ、どうされたんですか……？」

　和香奈はあることに気がついて、反射的に口にしていた。

「ん？　わたし？」

　涼子さんは立ち止まって振り向いた。そして、和香奈の姿を認めると、つづけて言った。

「なに、どうかした？」

「あ、いえ……」

和香奈は遠慮がちに申し出た。

「その……ストッキングが伝線してるみたいですけど……」

涼子さんのスラリとした右脚には、一本の線が走っていた。

「ああ、これね」

涼子さんは、自分の脚に目をやりながら、なんでもないことのような口調で言った。

「これがどうかした？」

「えっと、いえ、あの……」

予想外の反応に、和香奈は少し戸惑った。ふつうなら、ショックを受けたり隠したがったり、そうでなければ嫌な顔をしたりするものだ。まったく動じない涼子さんに、自分がつまらないことを言ったような気持ちになって次第に恥ずかしくなってきた。

「あの、その、どうってわけじゃないんですけど、伝線してるなぁと……」

だんだん小さい声になりながら、和香奈はつづける。

「……すみません、あの、わたし、余計なことを言いました……」

申し訳なさそうにする和香奈に、涼子さんは笑い声をあげた。

「なんで謝ってんの。わたしが言いたいのは、そういうことじゃなくって」

首をかしげる和香奈に向かって、言葉を継ぐ。

「和香奈ちゃん、これまでわたしと一緒に過ごしてきて、まさかこれに気づいてなかったの？」

「どういうことですか……？」

涼子さんは、わざと大げさに呆れてみせた。

「やれやれね。まあ、この一カ月間は覚えることがいっぱいで、周りを見る余裕がなかったってところかな？」

「はあ……」

「和香奈ちゃん、うちの会社の女子社員の脚を、ちゃんと見たことがないんでしょ？

こうなってるのは、なにもわたしに限ったことじゃないんだよ」

「ストッキングの伝線が、ですか……？」

「ええ、志乃ちゃんも、瑠璃ちゃんも、ほとんどの女子社員はこうなっててね」

ますます困惑を深める和香奈に、涼子さんはふたたび笑った。

「そんなに変な顔をしなくっても。まあ、いい機会だから教えてあげる。このストッキングは、とっても変わったものなの。見せたげるから、こっち来て」

そう言うと、涼子さんは自分のデスクへと歩いていった。和香奈もつられてあとを追う。

涼子さんは、そのまま席についてしまった。

かと思ったら、置いてあったゴム手袋を手にはめて、脚元でがさごそやりはじめた。

「これを使うの」

涼子さんが取りだしたのは、灰色をしたケーブルだった。

「なんですか、それ？」

「電気ケーブル」

「はあ、ケーブル……」

「これをね、こうしてあげるわけ」

そう言って、涼子さんはヒールから少しかかとを浮かして隙間を作った。そしてそこにケーブルを差し入れると、ぎゅっと靴をはきなおした。

「いったい、何が……」

わけが分からず、和香奈はただただ見守るだけだった。

「まあ、見てなさいって」

そのときだった。

とつぜん、涼子さんのデスクのライトが点灯したものだから、和香奈はびくっと身体をそらせた。それと同時に今度は加湿器がぽこぽこ音を立てはじめ、和香奈は戸惑いを隠しきれずに言った。

「どうして急に……」

「びっくりした？」

涼子さんは、和香奈のリアクションを楽しげに眺めている。

「いったい何が起きたんですか……？」

「ぜんぶ、このストッキングのおかげでさ」

「ストッキングの……？」

「これはね、特別な素材でできている、発電ストッキングというものなの」

涼子さんは言葉をつづける。

「ほら、人の身体には生体電流が流れてるっていうでしょう？　その電気を取りだせるようにしたものが、このストッキング」

和香奈は目を白黒させる。

「えっと、冗談なんかじゃないんですよね……？」

「もちろん」

涼子さんは微笑みながら深くうなずく。

「それからこのデンセンも、別にストッキングがほころんでるわけじゃなくってね。発電した電気を外に送るために必要なものなの。これはね、伝える線と書くほうの伝線じゃなくて、電気の線と書くほうの電線で。うちの会社には、このストッキングをはいてる子が多くって。だから、ちゃんと見るとみんなおんなじように脚に線が入ってるはずだよ」

「ぜんぜん気づきませんでした……」

和香奈は呆然としながら言った。

「で、こうやって電線とケーブルをつないであげると、電気を外に取りだせるという仕組みなの。自分の身体の生みだす電気で、いろんなものを動かせるようになるってわけね」

社会に出たら知らないことだらけだと、入社前からいろんな人から聞いてはいた。でもまさか、こんなことが待ち受けているなんて想像さえもしていなかった。

大きなショックを受けながらも、和香奈はふと、思ったことを口にした。

「……でも、身体を流れる電気って、とっても弱いんじゃないんですか……？」

「このストッキングには電気を増幅させる機能がついてるの。それにね、和香奈ちゃん」

涼子さんは燃えるように目を輝かせる。

「女子のパワーをなめちゃダメだよ」

力強い言葉に圧倒されて、和香奈は思わずあとずさった。

たしかにうちの会社の先輩たちなら、強い力を身体の中に秘めていたとしても不思議じゃない。そうだとしたら、なんてカッコいいんだろう……。

「涼子さん、わたしもそのストッキングほしいです！」

気がつくと、和香奈はそう口にしていた。

「それならひとつ、新品をあげるから試してみる？　使ってみていいようだったら、そのときに業者さんを紹介してあげるから」

和香奈は何度もうなずいた。

その翌日から、和香奈は晴れて先輩たちの仲間に入った。

ちゃんと観察してみると、ほとんどの先輩のストッキングには、たしかに一本の線が走っていた。あの人もこの人も、自分の身体で電気をつくっていたなんて。そう思うと、不思議な気持ちに包まれた。

ある先輩は、つくった電気で携帯電話を充電しているようだった。またある先輩は、化粧室で電動歯ブラシを脚につないで使っていた。

これって、ものすごいエコなことなんじゃないだろうか。和香奈はいたく感激した。

「余った電気は電力会社に売ったりすることもできるんだよ」

涼子さんは、ケーブルをヒールに差し入れながら言う。

「といっても、微々たるものではあるけどね。でも、そんなことより自分から生まれた電気がどこかの誰かのエネルギーになってるなんて、想像するだけでワクワクしてくるじゃない？」

当の和香奈も、いろんなものに電気を引いて動かすことに夢中になった。

最初はおそるおそる、豆電球を灯すことからはじめてみた。あまりにまばゆい光を目にし、和香奈は自分の中に宿るパワーに驚いた。

それからは、音楽プレーヤーを充電したり、思い切って、ノートパソコンの電源なんかに使ったり。そんなことをつづけるうちに、不思議なもので少しずつ、和香奈は仕事に対して自信が持てるようになっていった。自分の中に秘められたパワーに気づけたことが、精神的に大きくプラスに働いたのだった。


夏が過ぎ、秋が来ようかという、ある日のことだった。

その日、和香奈は自分の脚につながるラジオに耳をかたむけ、聴きいっていた。

――台風十八号が接近中です。今夜は早めの帰宅を心がけるようにしてください――


「そうはいっても、やらなきゃいけないことはたくさんあるの」

ラジオに向かって挑むようにつぶやくと、自分の心を奮い立たせてラジオを切った。

しかし、夜になり、夜食を買いに行こうと席を立ったときだった。

フロアの電気がとつぜん消えて、視界がいきなり暗転した。

あたりは騒然とした雰囲気に包まれた。暗闇の中、女性社員のデスクライトだけが小さな灯りを保っている。

「涼子さん！」

和香奈は慌てて、向かいの席に助けを求めた。

「落ち着いて。すぐに予備電源が働くはず」

涼子さんは、あくまで冷静だった。

「きっと、台風で電柱が倒れでもしたのね。まあ、大丈夫だよ」

なんでもないことのように話す涼子さんに、和香奈は救われる思いがした。

だが、しばらくたってフロアに流れてきた情報は、よからぬものだった。

——予備電源がうまく作動しないらしい——

それを聞いて、あたりはふたたび、ざわめきはじめた。

「涼子さん！」

和香奈もすぐさま叫び声をあげていた。

「まあまあ、落ち着いて。こういうときは、心を静めることが大切だから」

そう言いながらも、ライトで照らされた涼子さんの表情は険しかった。もうそれだけで、和香奈の不安は募っていく。

しばらく沈黙が流れてからのことだった。

涼子さんはいきなりバッと立ち上がり、フロア全体に響くほどの大声で言った。

「みんな、ちょっと聞いて！」

ざわめきが、一瞬にして静かになった。

「今こそ女子のパワーを見せつけてやろうじゃない！」

いったい何を言っているのかと、和香奈はぽかんとしてしまった。

「りょ、涼子さん……？」

それでも涼子さんはひるむことなく、もう一度、大きな声をあげていた。

「ほら、みんなの電気を使ってやるの！　わたしたちの生みだす電気で、会社に明かりを灯そうじゃない！」

あたりはしんと静まりかえった。

かと思った刹那。

わぁっ！　と大歓声が沸き起こった。

「やりましょう！」

「うわあ！　楽しそう！」

「とっても素敵！」

　さっきまでとは一転して、明るい空気がフロアに満ちた。

　その声を背に受けながら、涼子さんは電源室へと直行した。和香奈もいそいそ、あとを追う。涼子さんの決断力と行動力に、ただただ圧倒されていた。涼子さんの身体からは、オーラが立ちのぼっているようにさえ感じられた。

　すぐに担当の人と相談が行われ、技術者の立ち会いのもと、プランは実行に移されることが決まった。

　涼子さんは一度フロアに戻り、数十人の女性社員に声をかけた。そして彼女たちを電源室へと引き入れて、準備されたケーブルをひとりひとりに渡していった。

「みんな持った？　それじゃあ、身体につないじゃって！」

　女性陣はいっせいに、ヒールをぴしっと踏みだした。

　和香奈もおなじく脚を突きだし、かかとの隙間にケーブルを差しこんだ。全身に、気力をみなぎらせていく。

「……出力が足りないみたいね、もうひと越えだよ！」

和香奈を含め、女子たちの瞳の奥は燃えるように輝いていた。熱気があたりに立ちこめる。

「あと少し！」

踏みこみすぎて、ヒールがダメになるかもと思った、そのとき——。

「涼子さん、電気、つきました!!」

ひとりが電源室に走ってきて、顔を火照らせ叫び声をあげた。

みんながいっせいに振り返り、歓喜の声が爆発した。

すかさず涼子さんの声が飛ぶ。

「ほら、油断しないで！　ここからが勝負なんだから！」

ひたいに汗を浮かべながら笑顔で叫ぶ。

「みんな、この調子で突っ切るよ！」

「はいっ！」

涼子さんは激励の言葉を残してから、和香奈を連れて電源室をあとにする。フロアに戻ると女性陣をかき集め、グループに分けて番号を振った。

「交代制で、夜どおし発電しつづけてやりましょう！」

女性陣は、雄叫《おたけ》びさながらのたくましい声でそれに応える――。

凄まじい熱気を帯びたフロアに立って、和香奈はひとり、感動の渦に巻かれていた。

自分はなんて素敵な会社に入ったんだろう。こんなにパワーみなぎる先輩たちに囲まれて、なんて幸せなんだろう。高揚感で自然と目元が潤んでくる……。

「あのキャッチコピーに惹かれて入って、ほんとによかった」

この会社はいつだって、やっぱり女性が支えている。

解説

オカヤイヅミ

そうじゃないかと思っていた。オフィスには秘密がある。

時折用事があって出版社などのオフィスに行くと、受付で名前を書くカードや入館証にいちいちドキドキするし、デスクを並べて仕事をしている人たちを横目で盗み見る。ＰＣや書類やスーツやコピー機の「らしさ」を味わう。もちろん私も仕事としてそこを訪れるわけだから、顔を合わせる相手が何をしているのかは知っている。編集者とは漫画やイラストの内容を話し合ったり、単行本の構成を考えたりするのだし、請求書を送るのはこの建物宛てで、進捗確認の電話はあのデスクからかかってくる。

けれども、布団の脇の机で食事もすれば仕事もするという生活の私からしてみると、電車を乗り継いだ先に大きなビルがあり、受付があり、会議室があり、様々な部署があってたくさんの机が並んでいる「オフィス」では私が垣間見る以上の何かがあるように思えてしまう。

そして、『日替わりオフィス』の登場人物たちはもれなく秘密を持っている。

ショートショートの形式は、内緒話に似ている。昼休みや給湯室ではじっくり話し込むものではない。通りがかりにさっと耳打ちされるだろう。

「あの工場、死神が副業ではじめたんだって。」

「あの人、自分が死んでるって思ってないらしいよ。」「えー、大丈夫なのそれ？」

呑気な死神は人間に呆れ、その人間たちは男を客観的に殺す。

残業中に終業後、さらには帰路や息抜きの一杯にも油断できない。

みんなびっくり顔をして聞きながらその人自身の秘密を、ポケットの中の友人や指先の猫を隠していたりする。

……ドヤ顔？
にゅ

そうしてそのまま自分の席に戻ってゆくのだ。

来客パスを首から下げた私は十八編の内緒話を読んで、いちいち、ほらね、やっぱりみんな隠してたんじゃない、とわかったような顔になる。それぞれのエピソードが一人歩きをはじめ、妄想の中の会社は複雑に絡まってゆく。

取り巻きを取り返すために奉公酒を飲みすぎた江崎さんの背中をさすったら、口から精霊が現れるんだろうか。そしてさすった人よりも先に江崎さんが願うだろうか。もう飲まなくてもみんなから好かれますように。

同僚の恋心を温める「恋子レンジ」のために使った発電ストッキングの代金はやっぱり経費では落ちないだろうか。モチベーションのアップだって会社への貢献なのにね。消耗品だから、結構バカにならない出費なんだよ。あ、駅ビルの地下で3足セットで安く売ってたよ。

同期のアイデアをトリモチで集めるより、靴紐の蝶の展示を新企画としてプレゼンしてみたらウケるかも。でも、もともとのコレクターは、自分の密かな趣味がメジャーになっちゃったら少し寂しいだろうか。

オエー
のみすぎたァ〜♡
ワラ
ワラ
サッ

一編が短いからこその勝手な楽しみ。ふむふむ。そうなんだな、やっぱりオフィスって私の知らない事がたくさんあるんじゃないか。一度大きい会社に勤めてみたかったなー。

え、オフィスってみんなそういうものじゃないんですか。

——漫画家

この作品は二〇一五年九月小社より刊行されたものです。

幻冬舎文庫

●最新刊
1968 三億円事件
日本推理作家協会 編／下村敦史 呉 勝浩 池田久輝 織守きょうや 今野 敏 著

1968年（昭和43年）12月10日に起きた「三億円事件」。昭和を代表するこの完全犯罪事件に、人気のミステリー作家5人が挑んだ競作アンソロジー。物語は、事件の真相に迫れるのか？

●最新刊
橋本治のかけこみ人生相談
橋本 治

頑固な娘に悩む母親には「ひとり言をご活用ください」と指南。中卒と子供に言えないと嘆く父親には「語るべきはあなたの人生、そのリアリティです」と感動の後押し。気力再びの処方をどうぞ。

●最新刊
芸術起業論
村上 隆

海外で高く評価され、作品が高額で取引される村上隆が、他の日本人アーティストと大きく違ったのは、欧米の芸術構造を徹底的に分析し、世界基準の戦略を立てたこと。必読の芸術論。

●最新刊
芸術闘争論
村上 隆

世界から取り残されてしまった日本のアートシーン。世界で闘い続けてきた当代随一の芸術家が、自らの奥義をすべて開陳。行動せよ！ 外に出よ！ 現状を変革したいすべての人へ贈る実践の書。

●最新刊
愛よりもなほ
山口恵以子

没落華族の元に嫁いだ、豪商の娘・菊乃。しかしそこは地獄だった。妾の存在、隠し子、財産横領、やっと授かった我が子の流産。菊乃は、欲と快楽を貪る旧弊な家の中で、自立することを決意する。

日替《ひが》わりオフィス

田丸雅智《たまるまさとも》

平成30年12月10日　初版発行

発行人――石原正康
編集人――袖山満一子
発行所――株式会社幻冬舎
〒151-0051東京都渋谷区千駄ヶ谷4-9-7
電話　03(5411)6222(営業)
　　　03(5411)6211(編集)
振替00120-8-767643
印刷・製本―中央精版印刷株式会社
装丁者――高橋雅之

幻冬舎文庫

ISBN978-4-344-42808-9　C0193　た-63-1